ダダイストの睡眠

境界の文学

TAKAHASHI Shinkichi

ダダイストの睡眠

高橋新吉

松田正貴 編

editorialrepublica
共和国

〔……〕発狂当日彼は一面識ある有島武郎氏を訪問して同氏の社会に対する態度を大に難じたそうである。有島氏は驚いて幾何《いくばく》かの帰国旅費と毛布一枚とを進呈して其《そ》の不明を謝したとか謝さないとかで、一方高橋はその足で加藤朝鳥、大泉黒石氏等をも訪問して「今から俺はダダを全世界に宣伝するのだ」とそれに附帯した種々の気焔を挙げた末、薄暮の夕闇と共に所謂《いわゆる》世界宣伝旅行に出懸けたのだった。それから上野公園の真只中《まつただなか》で寒風に吹かれ乍《なが》ら第一回の演説を了《お》え何でも川崎町の辻氏に告別をやるべく自動車で万世橋《まんせいばし》附近まで来た折、前方に揺らつく運転手のハイカラ頭が目触りだとあって、持ち込んだ金剛杖で殴りつけようとしたが、生憎《あいにく》彼の視覚には客席と運転台を区画した中央の硝子《ガラス》の存在が認められなかったと見え、小癪にも人間の恰好をした運転手の頭を叩き割るに至らず、硝子に妨害されて遺憾にも自動車から引きずり下ろされ、橋上で大格闘中を巡査に発見され、警視庁に引致された結果精神的異状を診断せられて、彼は遂に狂人たることを立証せられたのだった。〔……〕

（米田曠「遂いに発狂したダダの詩人高橋新吉君」（『読売新聞』一九二二年十二月二十二日付）

目次

ダダイストの睡眠

ダガハジ断言 Is Dadaist ✶011✶
解説1 高橋がダダ新吉になる瞬間 ✶017✶
桔梗 ✶037✶
宇和島の闘牛 ✶084✶
神は熟睡したもう ✶093✶
預言者ヨナ ✶102✶
解説2 狂気をどう語るのか ✶125✶
亡ぶる家の豚 ✶139✶
不気味な運動 ✶145✶

仏教 ★150★
乞食夫婦 ★154★
ヴィニィ ★162★
悲しき習性 ★178★

高橋新吉　略年譜 ★183★

生蝕記　或る浮浪人の日記 ★189★
ダダイストの睡眠 ★211★
焔をかかぐ ★225★

いま高橋新吉をどう読むか｜………………解説3 ★229★

編者あとがき ★257★
初出一覧 ★260★

凡例

一、本書には、未詳のものを除き、原則として初出稿を底本として収録した。底本については巻末の一覧を参照されたい。

一、誤植・誤記と思われる場合も、詩人の表現を優先して可能なかぎり（ママ）とした。ただし、明白な誤植や脱字・送り仮名については、読みやすさを優先して修正し、あるいは〔　〕で補った箇所もある。

一、一部の固有名詞を例外として、本文中の漢字は新字体に、仮名は新かな遣いに改め、現代表記を採用した。「　」と『　』の使用についても違和感がないように統一している。

一、ルビは、底本を参考にしつつ編者が新たに付した。底本が総ルビの場合は、必要と思われるもののみを生かした。

一、本文中に、現在では使用を避けるはずの表現が用いられているが、各作品の執筆された歴史的条件を鑑みて、むやみに改変することはしなかった。

一、本文中に無地（白）の奇数ページが存在するが（九ページ、三五ページ等）、これは章扉として意図的に設けたものである。

ダガハジ断言 Is Dadaist

一切を断言するダダは一切を否定する。
無限と無とタバコと単語と同音に響く。
想像に湧く一切のものは実在する。
一切の過去は納豆の未来に包含されている。
人間の想像以外を石や鰯が想像すると杓子も猫も想像する。
ダダは、空気の振動にも、細菌の憎悪にも、自我と云う言葉の匂いにも自我を見る。
一切の知は知に非ず　一切は又一切に非ず。
一切は不二だ　仏陀の諦観から　一切は一切だと云う言草《いいぐさ》が出る。

一切のものに一切を見るのである。

断言は一切である。

宇宙は石鹸だ
石鹸はズボン　一切は可能だ
扇子に貼り付けてあるクライストに、心太《ところてん》がラブレターを書いた。一切合財ホントーである。

断言し得られない事を想像する事が　喫煙しないミスターゴッドに可能ではない　神は全智全能だとクリストが言った。

ダダは一切のものが全智全能だと断言する。ダダは無我を突き摧《くだ》く。無二無三《むにむさん》になって　無の所で無理な小便をする。仏陀は其処《そこ》から蟻ほども退く事が出来なかった。

ダダは滞る所を知らない。

ダダは一切を抱擁する。何者もダダを恋する事は出来ない。

ダダは一切に拘泥する。一切を逃避しないから。

物事に矛盾や調子を感じなくなった舐瓜《まくわうり》はダダイストになり損ねなかった。

矛盾や調子もダダイストである。

存在がダダ的なのだ。

凡《すべ》てのものは穿き替えられ得る。

変化は価値だ。価値はダダイストだ。


誰かダダイストは食べられないものだと言い得るであろうか　では舐められないものであろうか　一切は食物だ。食物は無政府主義者だ。

或《ある》ダダイストは胎児であって　流産するよりも一世紀も前に死んだ。

大正十一年十月九日午前零時に地球はお玉杓子の眼球乃至《ないし》人間の眼球位《くらい》に収縮すると予覚したダダイストがある。一切の予言は的確だ。

或ダダイストは、一千年間少しも食物を摂らないで息災に働く事の出来る薬を発明した。

階級戦がたけなわになったら彼は一服宛《ずつ》プロレタリアに分配しようと構えている。

北極から一輪車で　一秒間と二十二匆《こつ》しかかからないで若い女が僕の所へ尋ねて来た。

彼の女《かじょ》はブルジョアを憎むと言った。

資本と聞いても身顫《みぶる》いするのであった。

妾《わたし》は凡《あら》ゆる金銀白銅白金を瞬間に唾液にして了《しま》う磁石を持って来ました

何時《いつ》でも構いませんから　其《そ》の呪文と其の唱え方を僕に教えた。彼の女は燐光的の発音だったと或ダダイストは話した。

空のマッチ箱と若干の秘密を右の袂《たもと》に入れて　ブラブラ彼は炎熱の電車線路を歩いていた。

彼は下駄を脱ぎ棄てて裸になった。　着物を丸めて線路へ叩付《たたつ》けた袂から煙が出だしたのである。

彼はマッチの擦火《すりび》で太平洋を沸騰さす事は易々《いい》たるものだと此の間も話していた。

或ダダイストは市街戦で七千万の人間を打ち斃《たお》さない限り　ピストルを手から外さないと言って　朝起きるとから射撃の練習ばかりしている。

一人のダダイストは一呼吸でも長く生きていたいと遺書の中に書いていた。

彼は或結社の三階の図書室の電燈紐で　首を縊《くく》って死んだのである。

ダダは一切のものを出産し分裂し総合する　ダダの背後には一切が陣取っている。

ダダは聳立《しょうりつ》する。　何者もダダの味方たり得ない。

ダダは女性であると同時に無性欲だ。

生殖器を持つと同時に凡《あら》ゆる武器を備えている。

ダダ位《くらい》卑屈なものもない。　猛烈な争闘心を常に腰にブラ下げて　絶え間なく彼は爆発し粉砕し破壊しつづける。

一切のものがダダの敵だ
一切を呪い殺し啖《くら》い尽して飽き足らないで　永遠の無産者の様な舌をベロベロさしている。

解説

1 高橋がダダ新吉になる瞬間《とき》

一九一六年、キャバレー・ヴォルテール。スイス、チューリッヒにあるこのキャバレーでダダは生まれた。世界戦争という未曾有の狂気を目の当たりにしたヨーロッパの若き芸術家たちは、ここで前代未聞の即興パフォーマンスを行なった。たとえそれが「支離滅裂で、楽しげなどんちゃん騒ぎ」（塚原史『トリスタン・ツァラ伝』思潮社、二〇一三）のようなものであったとしても、ミクロな狂気でもってマクロな狂気を迎え撃つその行為がのちにダダ運動として世界を席巻することになるのだ。ダダの首謀者のひとりであるルーマニアの詩人トリスタン・ツァラは言っている。「ダダは何も意味しない」と。このダダイズムの喧噪に、諸手を挙げて賛同する青年が日本にもいた。高橋新吉である。

ダダイズムがどういうものなのか、その詳細が日本にまだほとんど伝わっていなかった時代に、新吉は直感的にその主意をつかみとり、「ダガハジ断言 Is Dadaist」という独自のマニフェストを書いたのである。自身ダダに共感を寄せていた稲垣足穂などは新吉のことを泥臭いから嫌だというが、そのような「泥臭さ」にこそ新吉の新吉たる所以があるように思われる。そうだ。日本のダダは泥臭いのだ。そういう新吉の作風に中原中也などはイカれてしまったのである。新吉のダダイズムに感銘を受けた中也は「高橋新吉論」と題するちょっとしたエッセイを書いて新吉のもとを訪れている。新吉のダダイズムを誰よりも理解しているのはおれだ、そう伝えたかったのかもしれない。少なくとも日本のダダイズムはやはり新吉を抜きしては語れないのである。

それにしても、なぜ新吉なのか。どうして彼が日本で最初のダダ詩を書くことになったのか。ダダ的な詩人であればほかにも少なからずいたはずだ。それにもかかわらず、日本のダダは新吉でなければダメだったのだ。そのあたりを明らかにするために、まずはデビュー時のエピソードから順番に繙いていきたいと思う。

一九一八年冬のこと、十七歳になったばかりの新吉は、愛媛県八幡浜商業学校を卒業間際に退学し、父に無断で上京する。言葉では言い尽くせない思いがいろいろとあったのだろう。とにかく東京に出てきた新吉だが、馴れない環境での貧しい生活が崇ったのか、翌年の冬にはチフスに罹り、文字どおり「行路病者」として養育院に収容されてしまう。結局、新吉はそのまま故郷愛媛に連れ戻されてしまうのだ。そもそも何を思って東京に出たのか。作家を志して上京したのか。「放浪」という行為そのものに憧れていたのか。実際のところはよく分からない。いずれにしても、およそ二年にわたるこの放浪生活によって、新吉はあらためて社会的慣習や制度的な規範というものにまったく馴染めない「自分」、言ってみれば「どうしようもない自分」と向き合うことになった。このことは新吉の事実上のデビュー作である「焔をかかぐ」からも窺い知ることができる（本書では本編の最後に収録した）。

新吉の「焔をかかぐ」は、原稿用紙で五、六枚程度のものとはいえ、『万朝報《よろずちょうほう》』という新聞の懸賞小説コンクールで選ばれ、一九二〇年八月一日付の同紙に掲載されたものだ。『万朝報』といえば、欧米の推理小説や探偵小説の翻案物ですでに多くの読者から支持をえていた黒岩周六（涙香）が、一八九二年十一月一日付で発刊した新聞で、社会的不正を執拗に掘り返すその攻撃的な「三面記事」が呼び物になっていた。反体制的な論調を強く打ちだす同紙は、発行停止を命じられることもあった。時の権力者たちから「まむしの周六」と恐れられた黒岩は、一八九八年、『中央新聞』の記者であった幸徳秋水を引き抜き、自社の論説記者として「自由に」書かせていたという。黒岩は他にも内村鑑三、齋藤緑雨、森田思軒など優秀な論説記者を集めている。とはいうものの、のちに同紙が、世論からの圧力に負け、ロシアとの開戦論に踏み切るようになると、彼らは黒岩のもとを去ってしまうのだが――。

「三面記事」のことはさておき、手薄になりつつあった文芸欄を活性化させるため、『万朝報』紙上で、週に一度、懸賞小説を募集する企画がはじまる。一八九七年一月からはじまったこの企画は、当初「新人発掘」をもくろむものだったようだが、プロの作家が「こづかい目当て」に応募するケースが多く、黒岩の狙いはなかなか実を結ばなかった。結実の問題はともかく、企画開始からおよそ二十年後の一九二〇年八月一日、第一二六四回目の懸賞募集において、新吉の「焔をかかぐ」が入選を果たし、同紙に掲載された。このことがその後の新吉の作風を大きく左右することになる。新吉は、当時『万朝報』をとって読んでいた。懸賞小説コンクールに応募しては結果をいつも心待ちにしていたのだろう。いずれにしても、一九二〇年夏頃の同紙を新吉が読んでいた、これが重要なのだ（『ダガバジジンギヂ物語』思潮社、一九六五）。

この頃の『万朝報』に目を通してみると、例えば、内閣直属の労働局が設置される見込み（七月二日）、普通選挙即時実行を要求する「野外大演説」の様子（七月五日）といった民主化への兆しが感じられると同時に、「諸株式共土崩瓦落の惨状」（六月十五日）、相次ぐ労働者の解雇（「満鉄、四千人の内地人を解雇」［六月八日］）、コレラの発症状況と蔓延の予防と対策（「また東京に虎列刺が来るか」［六月八日］）といった陰惨な

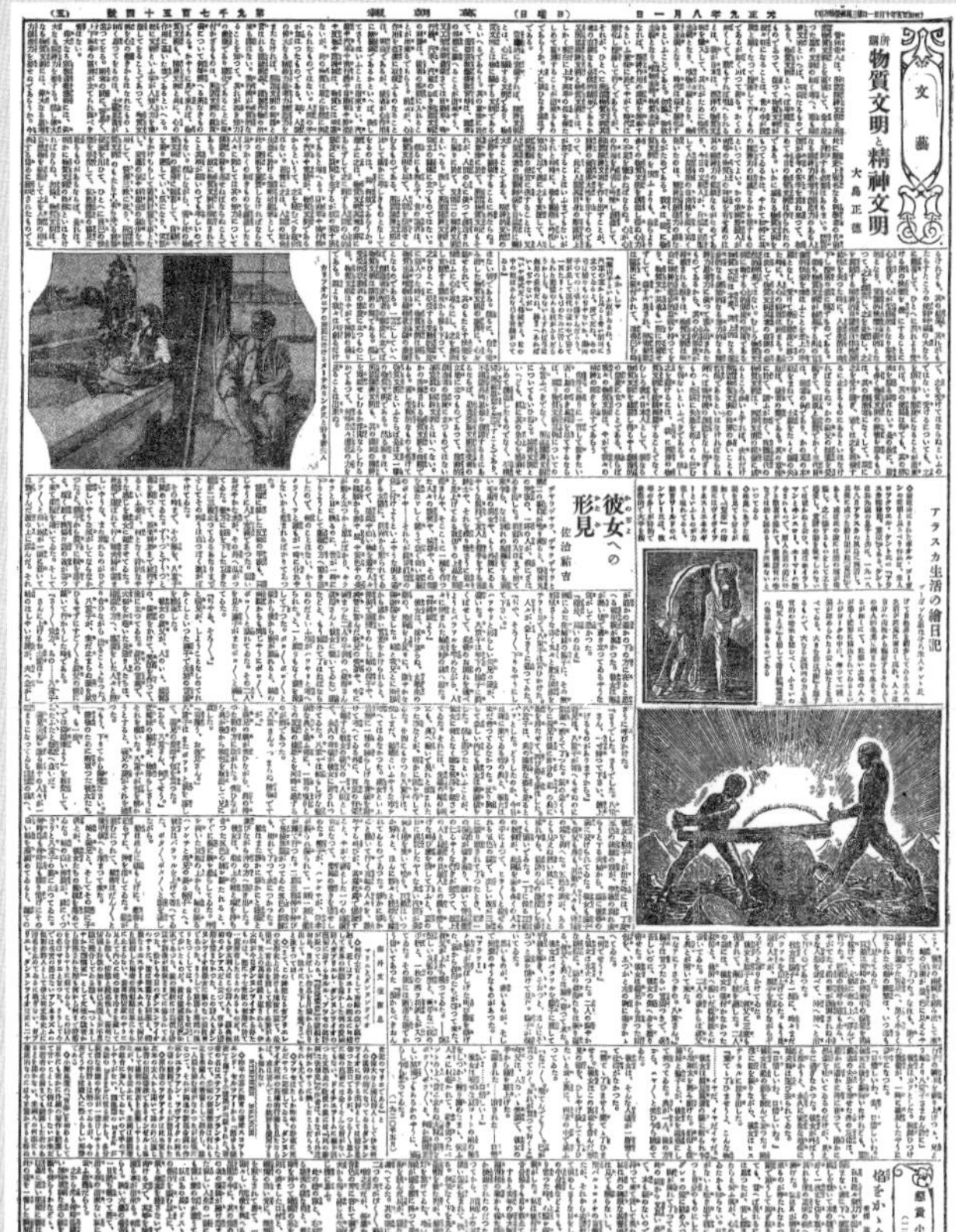
文藝
所謂物質文明と精神文明
大島正徳
彼女への形見
佐治祐吉
懸賞小説
焔をかゝぐ

デビュー作「焔をかかぐ」が掲載された『万朝報』（下の2段）
1920年8月1日付

記事も連日報じられていたことが分かる。そのなかでも特に深刻な論調で展開されていたのが尼港《にこう》事件後の「政治の不良状態」をめぐる議論だった。

尼港事件というのは、一九二〇年三月にロシア内戦時のニコラエフスク（尼港）で起きたパルチザン部隊と日本軍との武力衝突のことで、結果的に日本軍は武装解除され、在留邦人らとともに殺害された、と伝えられる事件である。この事件については、本書に収録されている「預言者ヨナ」でも触れられている。これは新吉にとっても衝撃的な事件だった。六月七日の『万朝報』夕刊には「邦人全部殺戮　尼港生存者一人も無し」の見出しの記事が見られる。このあと原内閣に対する野党側からの責任追及の動きが高まり、事件は「不可抗力」であったという原敬の発言が火に油を注ぐ形となって、抗議行動がいっそう激しさを増していく。例えば、七月四日午後一時から「芝浦埋立地に於《おい》て内閣倒壊普選決行野外大演説会を催した、聴衆は定刻前より犇々《ひしひし》と詰め懸けて場内忽《たちま》ち満員」となり、同日同時刻に「京都市岡崎公園大グラウンド」でも示威運動があり、宣伝ビラが「数万枚」撒布された、などと報じられる（七月五日）。

ロシア人「過激派」による襲撃、政府による対応のまずさ、あるいはこの事件に触発される形で勢力を増す民主化への動きなどを伝える記事と併行する形で、爆弾テロへの警戒が強化される様子もまた報じられている。特に六月三十日の「三面記事」で

東宮殿下には來る天長節

獄中生活の日記

石川三等軍醫の手記から

衆議院に爆彈

鐵骨の正門破壞

三人の影

市長が斷言した

道路に青い火が

電車軌道にも爆彈

更に七名

美術寫眞畫報

3件の爆弾テロを報じる『万朝報』
1920年6月30日付

は、爆弾テロを報じる記事が明らかに読者の目を引くように配されているのだ（前頁）。中央の三つの記事がすべて爆発物による破壊行為を報じるものとなっており、「議会召集日の夜、衆議院に爆弾　鉄骨の正門破壊」という写真入りの記事がまず目につく構成となっている。このように当時の『万朝報』では、尼港事件以降、外地・内地を問わず、過激化しつつある爆弾テロやアナキズムへの警戒・対策の必要性をうったえる記事が目立つようになっていた。

とはいうものの、ここまでの話であれば、他紙をおいて『万朝報』だけに着目する理由は別段なかっただろう。一九二〇年夏の『万朝報』が重要なのは、各地で開催される「抗議デモ」と過激派による「破壊行為」という本来異質なニュースがまるで交差するかのように報じられ、加えて、六月二十七日と八月十五日の二度にわたってダダイズムを紹介する記事がどちらも写真入りで掲載されているからだ。六月二十七日のほうは「独逸美術界の奇現象——シュヴィッター〔ス〕の『メルツ画』」と題する記事で、これが日本における「ダダ」の初出といわれる。ただし、新吉がこの記事を読んだかどうかは定かではない。新吉が読んだのは、「焔をかかぐ」の公表後まもない八月十五日の記事だった。この日同紙に掲載された二つの論考（紫蘭「享楽主義の最新芸術——戦後に歓迎されつつあるダダイズム」および羊頭生「ダダイズム一面観」）に感銘を受けた新吉は、このとき自らダダイストとして文壇に打って出る覚悟を決めたのだ。

繰り返しになるが、当時の『万朝報』には、民主化を求める国民の示威運動と過激派によるテロリズムという本来異質な二つのニュースが交差する形で見られた。そこでは因習打破をもくろむ芸術運動もまた「過激派によるテロリズム」の文脈で解釈され、芸術家たちのほうでもテロリズムとの連想をうまく利用しながら、表現の可能性を切り開こうとしていた。例えば、日本における最初の前衛詩誌といわれる『赤と黒』第一輯に掲げられた「宣言」などは、まさにそのとおりのものだった（「詩とは？　詩人とは？　我々は過去の一切の概念を放棄して、大胆に断言する！『詩とは爆弾である！　詩人とは牢獄の固き壁と扉とに爆弾を投ずる黒き犯人である！』」）。ついでながら、『赤と黒』の同人のひとりであった壺井繁治は、新吉の詩についてこんなことを書いている。「高橋新吉氏の詩は今までの詩の概念に囚われている人々にとって、全く一個の怪物のように見えるであろう。それは鋭利なる匕首《あいくち》であり、ピストルであり、爆弾である」（『詩人の感想』新星社、一九四八）。

もちろん、これは芸術だけに限られる話ではなかった。一九二〇年夏の時点で、そのような「破壊と改造」を待ち望む声は労働活動家や労働者たちのあいだでも広く共有されていたのであり、それがときに反政府デモという形で噴出することもあった。とはいえ、たとえそれが民主化を求める動きであったとしても、「過激派によるテロリズム」を扱う記事と並べて報じられたなら、「安寧秩序の紊乱《ぶんらん》」の印象をどうしても払拭できなくなってしまう。そういう本来異質な複数の情報を潜在的な形で連動させる力がメディアにはあるのだ。

そこのところを踏まえたうえでのことだと思うのだが、『万朝報』掲載のダダイズムに関する二つの記事には、「安寧秩序の紊乱」と見なされるリスクを回避しようとする節が見られる。「ダダイズムは一種のヴォルシェヴィズムであり、ニヒリズムである。此《この》派の首領であるといわれているツァラは、正直にいうと、自分等は狂人であるかも知れない。狂人でもいいから、家庭も道徳も常識も記憶も考古学も予言者も未来も一切をすてたいといっている」（「享楽主義の最新芸術」）という形でダダイズムを紹介しながら、「行きつまったといわれている近代芸術や、疲れ切った戦後の欧州人の生活の一つの噴火口と見れば見られぬでもないが、其《その》無方針無主義無法則な行き方は、必ずしも人生及芸術の究極の進路ではないかも知れぬ」（「享楽主義の最新芸術」）といった但し書きや「私の知る限りに於て、ダダイズムが独逸に於て真面目に議論されたのを聞いたことがない」（「ダダイズム一面観」）というような独断的な言葉でもって釘を刺している。

つまり、この二つの記事は、ダダイズムを紹介するものであると同時に、その極端な拡散を抑止するものでもあったということだ。在野の虚無思想研究家である大月健もまったく同じことを指摘している（「その紹介記事の内容はけっしてダダに好意的でない。

むしろ批判的と言った方がいい」)。さらに大月は続けてこんな風に言っている。「西欧に〈意味〉を見出そうとするわが国のジャーナリズムにとって、ダダの〈無意味〉は理解の範囲をこえていたと云うことだろう。そもそも、わが国にはダダを受容する土壌はない。それにもかかわらず、高橋新吉はその二つの記事からダダを理解し、ダダイストを標榜する」(大月健「高橋新吉と「唯一者」の思想」『甲板』一九八九年八月三十日)。とはいうものの、もしこの二つの記事が全面的にダダイズムを喧伝するものであったなら、新吉はむしろダダにあれほどまで主体的に同調しなかっただろう。新吉が求めていたのは、すでに評価が定まっている既成の概念ではなく、自らをまったく新しいやり方で打ち立てるためのとっかかり、つまり『万朝報』における二つの記事が戸惑いながら紹介しているダダイズムのような新しい概念だったのだ。それにしても、新吉はこの二つの記事のどこに触発されたのか。

一九六〇年代、「グループ・ネオダダ」などの反芸術的パフォーマンスによって、ダダイズムがふたたび衆目を集めるようになると、新吉も自らのダダ体験について回顧的に語りはじめるようになる。『万朝報』の二つの記事を十九歳のときに読んだと自ら証言する新吉だが、特に「感激した」のは「タイポグラフィの革新」をめぐる箇所だったという(「書かれていることは兎《と》に角《かく》として、文字の組方が同じ頁の中に縦に組まれて居たり横に組まれて居たり甚だしきに至っては斜に組まれたりして居て、内容よりも外形に重きを置いて居るような傾向があるようにも見受けられる」、『禅と文学』宝文館、一九七〇）。ダダの詩に見られる視覚上の斬新さに触れたこの箇所に感銘を受けたのだと新吉は回顧するのだが、私にはこれが後づけの解釈のように思われてならない。というのも、タイポグラフィの革新という点において、新吉はあまり目立った功績を残していないからだ。日本で最初のダダ詩といわれる「倦怠」（のちに「皿」と改題）は、「皿皿皿皿皿皿皿皿皿皿皿……」ではじまる詩として有名だが、この程度のタイポグラフィ的インパクトであれば、山村暮鳥などが早くから実験的に試みていたし、特に目新しさはない。もっといえば、『赤と黒』や『死刑宣告』における萩原恭次郎の詩や、村山知義らの雑誌『マヴォ』のレイアウトなどに見られる書面のインパクトに匹敵するようなものを新吉は打ち出すことができなかった。つまり、このような技術的な描写に目を奪われたことがたとえ事実だったとしても、それによって自らの作風が何ら変ったわけではなかったのだ。

「焔をかかぐ」を書いた頃の新吉にとって、タイポグラフィの表現性などよりも、むしろ次に引用する箇所で語られているような「無意味」の表現力にこそ共感できるところがあったのではないか。「ダダ」という語はさまざまな国の言葉にすでに見られるが、その定義はそういった言葉のどれにも相当しないという前置きの後に次のような一節が続く。

〔……〕芸術上のダダは「無」の意義だと伝えられている。実際彼等の一派は、「我々の感覚は、宇宙外界の真の記録でなく、永遠に比すると、吾々の行動や言語は何の役にも立たぬと発見した」と言っているというが、そんなことは必ずしも新しい発見でも何でもなく、既に幾度か色々の人によって云い古されたことである。仏教にはそんなことは限りもなく説かれて居り、ニイチェだって幾度かそれを繰り返している。

（「享楽主義の最新芸術」）

ダダイズムの「新しさ」に異を唱える論とはいえ、新吉がダダを受容するとっかかりをつかんだのは、むしろこのような一節からだったのではないだろうか。「何も意味しない」というダダの意義が、仏教的な「無」と関連づけられることによって、新吉の前ーダダ的志向性、つまり「焔をかかぐ」において「私」が求めてやまない「自然の静寂、無為、休止」といった境地と結び合ったように思われるのだ。実際、新吉自身もまたダダと仏教とのあいだの親和性について次のように語っている。

ダダは何事をも意味しない。私は、ダダと南無阿弥陀仏を、おなじように思って「南無ダダ」と、絶叫したりしたのを思い浮かべた。ツァラは、哲学を勉強したルーマニアの青年で、彼の明敏な頭脳に、いち早く仏教が、吸収されていたことは疑えない。仏教といっても、禅的なもので「言葉なき思想」とか「言葉はごめんだ」とかいって、言語活動を否定しているのは、禅の不立文字《ふりゅうもんじ》と、通ずるものがあるからだ。

（『ダダと禅』宝文館、一九七一）

「言葉なき思想」をどう「語る」のか。このあと新吉は、ダダ、狂気、禅といった主題を横断しながら、「何一つ語らない語り」という究極的な詩的言語の可能性を追究するようになるのだ。

何もいうことはない
言葉には飽いた
他人の心を知ったところで何のたしにもならぬ
自分の心を他人に知らしたところで何の為にもならぬ

（『高橋新吉の詩集』日本未来派発行所、一九四九）

「何もいうことはない」と言っておきながら、新吉は生涯、語りつづけ書きつづける。「自分に何も言うことがない場合、どうして、実際に、何も言わないでいないのか」

という問いが当然起こりうるのだが、新吉の場合、「何もいうことはない」ということは、意味の欠如であると同時に、そこから何度でも語りはじめねばならないような言葉の発生源のようなものでもあり、そのような地平を目指して新吉は生涯詩や小説を書きつづけたのだ。「何もいうことはない」という地点から言葉の問題を見据えることで、「意味とは何か」「〈言うべきことがある〉とは何か」を新吉は問いつづけたのである。

この点、新吉はアルトーに似ていなくもない。フランスの劇作家で詩人のアントナン・アルトーもまた「何もいうことはない」という言語観に基づいてものを書いていた作家だった。文芸評論家のモーリス・ブランショは、その「アルトー論」のなかで「自分に何も言うことがない場合、どうして、実際に、何も言わないでいないのか」という問いに対して、何もいうことがないからこそ語りはじめるのだと切り返している(「何ひとつ言うべきことのない人間が、いったいどうして、語りはじめおのれの考えを述べはじめようと努めぬはずがあろう」、モーリス・ブランショ『来るべき書物』粟津則雄訳、筑摩書房、二〇一三)。

さて、これまで一九二〇年夏の『万朝報』について長々と書いてきたが、新吉のダダイズムを考えるうえで、ここのところはかなり重要だと思う。同紙を賑わせていたデモ、テロ、ダダという本来異質な三つの言説が、新吉のその後の作風に大きく影響を及ぼしたということはすでに触れておいたとおりだ。作風に影響を及ぼしたどころか、「高橋新吉」という作家を生み出したといっても過言ではないだろう。実際、この三つの言説がのちに「高橋新吉」という仲介者《エージェント》を通して具体的に表現されることになる。表現されるといっても文学作品という形ではなかった。文字どおりひとつの「事件」において、この三つがやがて結び合うのだ。

まずは本書の巻頭を見ていただきたい。一九二二年十二月二十二日付『読売新聞』の文芸欄に掲載された「遂いに発狂したダダの詩人高橋新吉君」という記事だ。「ダダの詩人――高橋新吉――が発狂した。彼は兼ねてから強度の神経衰弱に悩まされて居た。特に発狂前の彼は外で見る目も痛々しい程病的な神経の昂奮に疲れ切って居た模様だった」という前置きのあと、事件の詳細が語られる。簡単に言ってしまうと、ダダのデモンストレーションの最中に、タクシーの運転手をステッキで殴りつけた廉で新吉が逮捕された、と報じる記事なのだ。その後、故郷愛媛に送還された新吉は、八幡浜の警察の留置場に収容されてしまう。この〈発狂事件〉は、新吉のパフォーマンスだったのではないかという指摘もある（神谷忠孝『日本のダダ』響文社、一九八七）。

発狂の真正性はともかくとして、この事件によって新吉の名が「売れた」ことは間違いない。このような形で新聞に報じられたことで、当時まだ無名だったこの詩人が一躍文壇に名を馳せるようになったのだ。新吉から詩の草稿を預かっていた辻潤は、新吉を世に出す絶好の機会を決して逃さなかった。新吉が愛媛で療養しているあいだに、辻が彼の原稿を半ば独断で編集し、『ダダイスト新吉の詩』（中央美術社、一九二三）として出版してしまうのだ。留置場で初めて自分の詩集を手にした新吉は、そのあまりにも粗雑な編集に腹を立て、その場で詩集を破り捨てたという。新吉の反応がどうであれ、この詩集のインパクトは大きかった。例えば、詩人の遠地輝武は、自身詩を書くきっかけとなったのが『ダダイスト新吉の詩』と村山知義の「意識的構成主義個展」だったと打ち明けている（遠地輝武『現代詩の体験——社会社派の歴史と鑑賞』酒井書店、一九五七）。

いずれにしても、まだ無名の作家がこうして自ら主体的にダダイストとして名乗りをあげると同時に、高橋新吉というひとつの仲介者を通して、デモ、テロ、ダダという三つの言説が複合的に結び合い、メディアや文壇からの働きかけもあって、やがて「発狂詩人、高橋新吉」というひとつの主体が構成されていくのである。

桔梗

私は桔梗《ききょう》の花を見た事もない。それでも私は桔梗の花が好きなのである。私は桔梗の咲いている野原で、何の物音も聞かずに独りで遊びほうけていたい。

私は眠る事が厭なのである。眠る事は私には此《こ》の上なく恐ろしい事に思われる。眠っている間にどんな事をされるかも知れないから。

私は海を渡って、それから汽車でトンネルの多い海岸線を通ってN町に降りた。樹木の多い町だった。

S子の家へ行くとS子の姉が一人居るきりだった。それで私は汽車で五時間もかかる、S子の遊びに行っていると云うM市の近辺の田舎へ行って見る気になった。

S子は私の来るのを予想しているのかも知れないと思った。

汽車を降りて二里近くも歩るかなければならなかった。S子の姉はS子達が明後日《あさって》帰ると言って来ているので、行かないで待っていなさいととめたけれど、私の耳には聞かれなかったのだ。

汽車を降りた時はもう十二時過ぎていた。それから埃りっぽい暗い夜道を私は歩るいた。通行人も杜絶《とだ》えていた。

起伏の多い道だった。一つ坂があった。

虫の声がきこえています。

今私のいるところは、あなたのいられるところと十間もはなれていないかも知れない。

私は荒れはてた観音堂の板敷の上で、月の姿も見えないうすら明りの麦藁帽の上に紙をのせ之《これ》を書いている。

私は横になって眠ろうとしたけれど。

蚊が喰いついて、それは不可能に思われたのである。

あなたは今どうしているか、眠っているかどこにいるかを私は知らない。

そして私が今此んなところにいる事を知っているものは誰もいないのである。

あなたの姉さんは、私があなたを訪ねて此のN村に行く事を好まなかった。

それはTさんの家に屋具もないであろうし、Tさんの様子がわからないと言われたのです。

私は死ぬまで生きていたい。

私は朝五時頃、観音堂を匍《は》い出て、直《す》ぐ目の下の一軒の家の井戸端へ行ってみた。一人の老婆が水を汲んでいたのである。私は昨夜其の家の前を通って、戸の隙き間から電燈の洩れる中を覗いてみた。紙帳《かや》が吊ってあって一人の男の足が見えたので、S子のとまっているT子の家でないかも知れないと思った。

私は其《そ》の老婆に、「Tさん居られますか」と声をかけた。するとやはりそこがTさんの下宿している家だった。

Tさんは吃驚《びっくり》してネマキのまま紙帳の中から出て、私の立っているのを見ると「まあ」と言った。

私はS子が来ているか何《ど》うかを聞いた。S子もまだねていた。

S子は私の来たような夢を見ていたそうである。

私は紙帳の中へ這入って、しばらく横になって眠ろうとしたけれども眠れなかった。S子とT子はM市で一週間も遊んで昨日ここへ来たのだと言った。

私の昨夜見た男の足と云うのは一人の中学生だった。それはTさんの親類の子だった。

朝めしを私達は四人で食べた。

青い水田の稲の上を涼しい風が吹いた。

一本の蓮の花が田の畦に近く咲いているのが見えた。白い花だった。此んな美しいものを私は今まで見た事がないと思った。

中学生は早くM市へ一人で帰って行った。

Tさんは、或用事で近所の家へ行かれた。

私とS子と二人だけになった。一人の子供が田の畦を通っているので、蓮の花を折ってくれるように頼んだけれど、其の茎を折る事は如何にも残虐な事のように思われて止さした。

私はS子を促して観音堂の裏側の雑木山へ登って見る事にした。S子は扇子と団扇を持って来た。そしてコーモリ傘をさしている。

青葉が二人の顔を照らした。

私は接吻を強要した。白いハンカチーフをS子は尻の下に敷いた。小さな狭い山道であった。木の茂みにかくれて何も見えないところだった。太陽の光も青葉に遮ぎられていた。私達は何を語ったろう。何にも話す事はなかった。汗ばんだ体を軈《やが》て又Tさんの家に運んだ。

Tさんが戻って来た。昼めしを食った。

Tさんのアルバムにs子の写真が貼り付けてあった。其の写真を彼女は剥《む》いて半分に裂いた。

或る神社の境内の草原の上に私はねた。蚊が足や手にくいついた。私は麦藁帽を頭の下に敷いていた。其の麦藁帽は底が脱け破れていた。

そこは広い草原であった。四辺は薄暗かった。S子は木のそばに立っていた。

私達はTさんと一緒に其の日直ぐS子の姉の家へひきかえす積りで停車場まで歩るいて出たのだった。汽車が来るまで間があるのであった。S子は神社の石段の中程で仰向けにねたりした。

彼女も私も疲れていた。汽車の中で私は少しうとうとした。

私は国の友人のNにこう言って頼んで置いた。京城のM子から手紙が僕のところへ二三日中に来るから、それをS子の家へ転送してくれと、私はM子の事をS子に少しも話してはいなかった。

M子は十日ばかり前に京城へ来たのであった。それは夏休になったので父の許へ遊びに来たのであった。私はM子のよこした手紙を見て、都合によったら京城まで行ってみようと思っていた。

私の心の中ではS子と最後の結着《(ママ)》を付けようと思う小気合が蟠《わだかま》っていた。それはS子かM子かどちらかに決めなければならないものだった。

私は満二十五と十ヶ月以上も此の世に生きている。此れから五十年以上も此の世に生きていたいのが私の欲望である。

私はどんな事をして生きようか、私に出来る事は、めしを食う事と本を読む事と歩るく事と、それからもう其の外《ほか》には之と言ってないのである。

私には一人の父がある。父は六十四である。母は私を産んだ母は死んで了って、四十四になる継母がいる。

馬に乗って広い砂浜を乗り廻している人がいた。私は淡紅色の空を見ていた。

夕方であった。海の浪の音は松原の松の葉を振り落し、線路を越えて聞かれた。

手綱をゆるめたので落馬したと言う人もあった。

私は船に乗って九州から帰って来た。私は命からがら帰って来たのであった。

私は火燵《こたつ》にあたりながら之を書いている。何と云う恐ろしい目に私は逢った事であろう。死す。海。危虎地。

S子。

彼女の名を口にする事すら今の私には恐ろしいのである。愛の不足と云う事を考えてみた。彼女も私もお互いに愛し合っていた。二人の間に愛の不足があったろうか。

私は虫ケラのように生きていればよかったのである。

父はＭ医師を呼んで来てくれた。命は風前の燈《ともしび》であった。紅爐上《こうろじょう》一片の雪であった。左の乳房の下がガクリとしたのだ。破れた手風琴のように胸がしぼんだ。心臓の機能が変調を来して、それは断末魔のような苦しみだった。

「九州に四五日行っていまして、汽車に乗ったり、夜通し女と歩き廻ったり、観音堂に露宿したりして、殆んど寝なかったものですから」私は斯《こ》う言って布団の上に仰臥したままＭ医師に右の手を差し出した。

私の枕の下には同日に出された二人の女の手紙が敷かれていた。

医者は私の両眼を反射鏡で照らしてみたりした。

「少し逆上の気味です。氷を買って来て冷した方が好いでしょう」

Ｍ医師は父に斯う言って帰って行ったそうである。

私は心臓がガクリとして、今死ぬるんだな、ああこわい、之が脚気腫心なんだろうと思って、手も足も無くなったように感じている中に心臓の痙痛が少しずつ薄らいだのだった。私は誰を恨むわけにもゆかなかった。自分の身の持方が悪るかったのだと思うより外なかった。

翌朝私は剃刀《かみそり》を出して、電燈の下頭髪を剃り初めたのであった。此れで死にさえしなければ何と云う幸福か解からないと私は思っていたのだ。序《つ》いでに眉毛も剃り落したのであったが、一月か二月の間はどこへも出ないで養生しなければならないし、眉毛は又生えるだろうと思ったからだった。

私の左の額の生え際に一つの疣《いぼ》があった。

私は其の疣も切り落したものと見えて血が出ていた。

隣りの材木屋の主人がいつものように父と将棋をさしに来て、私の剃りだてのマダラな頭を見て、「ますこしキレイに剃らないけるかい、見せなはい」と言って、自分の家の剃刀をわざわざ磨いで来て剃ってくれた。

S子に、来るように電報を打ちに郵便局まで行って来ようと思ったけれど、歩るけないので、父に頼むと、父は「此んな使いはようしない」と言った。

私の覚えている事は私の頭の中に、私の指が四本入った事である。私はなまぬるい血が吹き出る傷口を両手で抑えながら七転八倒の苦しみと言うのは此の事だろうと思った。

鰻が頭に錐を突きさされて包丁で料理される時、体をうねくねらせている時の苦しみ。犬が犬殺しの木刀で、脳天を打ちのめされた時の痛さ、私が即死しなかった事は何と云う業因の深い事であるのだろう。

それで私は二三回もんどりを打って、くるくるとツベかやりをしたのであるが、其の時花崗岩でしたたか背中も傷つけたのである。

私は韋駄天《いだてん》のように七八丁道路を駆け出した。そして地ベタにウツ伏せになって土を舐めた。私の歯の根は合わなくなっていた。私は小石も砂利も土も口の中へ入れたのである。通行人が沢山立ちどまって見ていた。二人の巡査が、筵《むしろ》か帆布かで私を包んでないと穢いので捕える事が出来ないと手を束ねていたそうである。

母が私のそばへよって引き起そうとした時、「行きなはんな、あぶないぞ」と誰かが言ったそうである。

私は立ち上って母の体に獅噛《しが》み付いた。母の吐く息のあたたかみを感じた。私は丸裸であったのである。そして体中土と砂だらけになっていたのである。

「太陽！」

朝の十時頃の太陽が光々しく山の上に照っていた。八月の二十八日であった。

私はM医師のところへ夜出掛けた事がある。すると一人の女が、金石寺へお参りして足が痛いので見て下さい〔と〕言って来ていた。

私はヒョロヒョロして歩るけないのに犬が吠えて弱った。M医師は「走りさえしなければ歩るくはかまわない」と言ったのだった。

鶏が三十羽私の家には飼ってあった。私はじっとねている事も座っている事も出来なかった。

布団を二畳の薄暗い部屋へ運んで、私がねていると父が五分起位に板戸をあけて覗くのだった。私は其の度目をあけるのだったが、私は此のまま眠り入れば永久に覚めないで死んで了《しま》いそうなので、何にも考える事もなく頭は麻痺して了っているのでボンヤリ父の顔を見るのだった。

どうかして死にたくない、それなのに私は死にそうだ。

私が或時《あるとき》町を歩るいていると町の新聞記者と一人の巡査が「人殺しがあった！」と云うような事を言って走って行った。

私が警察の前を通ると其の新聞記者は警察の塀の中にかがんでいた。

私が東京から帰ったのは五月であった。

私は月珊《げっさん》和尚のところへ本を借りに行った。私は町の人達が私を危人だとか変人だとか狂人だとか言っているのを耳にする事が屡々《しばしば》あった。

私は出鱈目な恋をやる男ではある。

「タバコやのＦ子も此んなかやつとったがじゃけん？」

私に向って嘲罵を浴せる人があった。誰一人私に話し掛ける人は此の町にはなかった。

私の部屋の電燈が消えた。誰かが電線を切ったのであると私は思った。いくらスイッチを捻てもつかないのである。

月珊和尚さんは三枚も座布団を敷いて椽側《えんがわ》に涼んで居られた。私は自分の肛門を大事にしなければならないと云うような事を考えながら帰って来た。カッパに尻の穴を抜かれた時のような恰好で私は月に浮かれて、谷川の近くのお寺へ行く途中手の舞い足の踏むところを知らないような状態であった。何が此んなに私を嬉しがらせたのであろうか。

和尚さんは梅湯を拵《こしら》えて飲まして下さった。それから甘い餅菓子も御馳走になった。

私はN氏のとこへ行った。築山《つきやま》の松に大きなバケツで水をかける手伝いを私はした。

私は昼間月珊和尚のところへ出掛けた。そして本堂の仏壇の前に座って拝んだ。

私は肌抜きになっていた。そして仏像の前の香を嗅いだり、供えてあるお菓子を食べたり、生米を嚙じったりした。大きな声を私が出すと和尚さんはホーキを持ってやって来て「コレコレ仏様の前で行儀の悪るい事をするものじゃない」と言われた。

私は便所に這入《はい》った。それから昼御飯も御馳走になった。

私の掛けていた近眼鏡を、和尚さんの老眼鏡と取りかえて掛けて帰ろうとすると、お大黒に追っかけられてメガネを又とりかえた。

お寺の台所の屋根からは煙が出ていた。雨が少しずつ降り出していた。

私は大きい牛を見た。途中或《ある》家で休んだ。

自動車が来るので道をよけて草の上へ私は小便した。

私は馬に乗っている知り合いの弁護士にあった。桑畑の中へ這入って私は横にねて心臓の轟きを静めねばならなかった。

道を掘り返して修繕しているところがあった。

私はいつのまにか、気が狂っているのであった。

町の人達が川土堤の少し広い所へ掘立小舎を建てて私をそこへ檻禁しようとしている。

私は四五人の人が板を打ちつけたり、屋根を葺いたりしている其の作業場の七八間手前まで来て、後から走って来た一人の男に言った。私はメガネも帽子も川の中へ放った。

「あんな所へ入れられるのが恐さに僕は眉毛まで剃ったんだ。どうかあんなところへは入れないでくれ」

私は後がえりして廻り道をして或タバコやでタバコを買いN氏のところへよった。

そして、「私は少し気が違いかけているのですが、掘立小舎の中へなど檻禁されたら、それこそ私の命がつづきませんからなるべくそんな事にならないよう骨を折って下さい」とN氏に言った。

私は家に帰ってから夜眠れなかった。「死にそうだ」と父に言うと、「人間はどうせ一ぺんはオソカレ早やかれ誰でも死ぬるんだ。死んだてかもうかい」と父は言った。

私は母に、どうか助けて下さいと言った。

座っていると心臓が口から出そうになった。両腿の感覚が無くなっている。盥《たらい》にお湯を汲んで母が、「あんまりコスると皮が剥げるよ」と言った。なるほどもう間もなく自分は死ぬるんでそれで先に湯灌をするのだなと思った。

私はどうしても眠れないのだった。父も母も何か私に隠していて真当《ほんとう》の事を言ってくれない。

父は私が狂人になって生きているよりも死んだ方が好えと思っているのだ。

私は神様を拝んだ。どうか助けて下さい。

私が夜飛び出して何んな事をするか知れないので、私の家のぐるりを朝鮮人や刑事が張り番している。

私の家の近くには魚問屋があり、魚を氷詰にする氷の倉庫があって、氷を砕く機械の音がやかましいのであった。

私の家の一方は海に面し〔て〕いる。

其の岸に出て私は岸に生えた草をちぎって頭になすくり、やかましい氷の倉庫に向って怒号したのだ。

それから窓の下の溝穴に色んな機械の壊れや、板や、鉄具や、割木が沢山積み重ねてあった。私は之《これ》は刑事達が、私のねてる間に置いたものだと思った、そして腹を立てて海へそれ等のものを投げ棄てたのである。

小舟を漕いでわあわあ人々が騒いでいた。私は非常に苦しかったのである。頭は張り裂けるほど痛んでいた。

母が私の足の爪を剪《き》る真似をして、「今夜八幡様へ願掛けに行って来るから」と言った。

私は大きい団扇を持って、夕方町を一巡した事があった。

それから私は鞄を提げて、N氏のところへ行った。N氏の家の湯殿の掃除をした。

発狂も一つの芸術である。熟練を要する。

私は団扇を持って浴衣を着て町を歩るいた。私は顔に青インクを塗った。

之を書いた男は遂々《とうとう》二人の巡査に警察へ拘引されて、そして一週間ばかり留置場の中に放り込まれていた。

彼はN氏のところで半裸体になって、庭の物干台の上で真言秘密の行をやった。月珊和尚のところでも彼は真言秘密の行を自分ではやっている積りでいたのである。

彼は一人の尼さんが町家の前でお経を唱えているのを、後から其のかぶっている傘の上から頭を叩いた。

N氏のところの大きな倉庫の扉が半分開かれているのを見て、其の中へ自分を閉じ込めようとしているのだなどと彼は脅かされたのである。

松の木に登って松の葉を剪《つ》んでいる男がいた。それが刑事だと思って、彼は其の男をドナリ付けた。

私はN氏のところでも仏様を拝んだのである。「今日は仏事があるので人が大勢来る」と言うような事をN氏は言った。

仏壇がキレイに飾られてあった。

それから急に帰れ帰れと彼は追い出されて、襦袢一つで素足で町を歩るいて帰った。途中角力者《すもうとり》のような大きな男が大きなまさかりで道の真ん中で木を割っていた。其のそばに四五人の人がいた。私は其等の人達に捕えられるのではないかと心配した。

或家の前では燃え残りの炭を筵の上に置いて水を注いであった。

此等の事が皆神秘的に私には考えられた。又荷車を何台も態《わざ》と私の通る前に並べて私は荷車の上に上ってそして荷車を越えてでないと歩るけないようにしていた。

私は氷店に這入って氷を食べた。そして氷を顔や頭にもなすくった。私の頭は鉄瓶の湯気の出るように熱くなっていた。

私は家へ帰る途中、刑事や其の他の人々の為に捕えられて警察へ連れてゆかれるだろうと思っていた。それで氷店の二階へ上ってみた。鏡台があって、白粉の瓶や其の他の化粧品もあった。私の為に此んな用意をしているのだと思った。見ると布団が敷いてあって、枕が四つも五つもころがっている。それから床の間に安物の軸が掛かっていた。松か何かを活けた花活もあった。私は其の軸と花活を二階の窓から海へ放ったのである。

それから白粉をつけたりもした。

私は或夜どうしてもじっとねている事が出来なかった。町の人々が私一人の為に大騒ぎをしていると思えてならなかった。私は何と云う事かコーモリ傘を一本持って裸で大勢人々の居る所へ行った。

それから逃げ帰った。

又、或時は小舟に裸で乗って仰向けにねて、私を沖の方へ流してくれと人々に言った。私は海の中へでも飛び込んで死んで了《しま》わない以上興奮が冷めないようになっていた。

隣りの材木屋ではタバコも売っている。

私は裸で店先に上って、そしてタバコを買いに来た男に「刑事だろう」と其の男をニラミツケるのだった。

私は神様を拝む為に頭へ布を巻き、麦ワラ帽をかぶって高い石段を登って行った。

私は全く気が違っていたのである。しかしなぜ私があんな気になったのか、それには此処に書けない色々の原因もある。又書き表わそうにも到底文字や言葉では書き表わせないところのものもある。

私はどんなに力を込めて太鼓を叩いたか、私はホーキで一人の老人の頭を擲《なぐ》った。

私は或老人のエビス廻しの行李に入れたエビス様や大黒様を海の中へ放った。白い布呂《(ママ)》敷で包んであるのでそれがやはり私の為には私をだます為に態と私の家の縁に置かれてあるもののように思った。

お四国参りの遍路等がある。それもやはり刑事等が変装しているもののように思った。

私はつまり警察の留置場に放り込まれる事になった。

警察では早くどこか山の上へでも掘立小舎を立てるか、内牢を拵えるかして私を檻禁せよと父に命令したそうである。

私が警察にいる間どんな心理状態でいたか絶望と云うより外なかった。

S子に逢いたかった。彼女が来ていて、どこかの宿屋にでも泊っているように思った。

私は昼も夜もS子の事を言ったり、京城からM子はもう東京へ帰っているだろうかと思ったりして、彼女達の名を口に叫びつづけた。

私の頭は八月の二十八日に、朝裸で神様を拝んでいて、或火の玉のような光を見て、其の時思わず恐怖の叫びを一声挙げると同時に、私は庭にころがり出て、そして庭の土や鶏の糞を体になすくり、胸がちぎれ臍が割れるほど私は苦しみ悶えて井戸端までイザり出て、其処の鉄の棒に縋り付き石に抱き着いたりした揚句、非常な速さで目が廻って、生れて初めて癲癇の発作を経験したのであった。

それで其の傷跡が一寸ばかり高く腫れ上っている。

何と云うたまらない痛さであろう。

私は自分の部屋で座って、両手で自分の頭をおさえ、両眼から血が滴るように思っていた。目から火が出ると云う言葉がある。私は自分の目が此んなに絞られるように疼いて涙が涸れて了っている。

外には雨が降り出していたようだ。

私が此んなに苦しんでいるから、天も雨を降らして私を慰さめてくれるのだと思った。

それで精神を極度に緊張させて祈ったならば雨を降らす事位はたやすい事だと思った。

私は夜眠れないままに内庭の小石の敷き詰めてある上へ裸で降りて、柘榴《ざくろ》の木の根に座りのたうち廻った。

警察の留置場の中で彼は、隣の留置場に居る男と話をした。入りかわり立ちかわり色んな男が隣りの留置場の中へ這入った。

それ等の男はみな私の為に、私に何かを聞かす為に、或は私が偽狂いであるか、本物のキチガイであるかを探る為に這入って居るかのように私は思った。

私が自殺しては不可《いけ》ないので夜も夜通し眠らないでいる。

私は二人の女が盛装して、警察の便所の廊下の上を通るのを見た。それはS子とS子の姉の二人に変装さした町の芸者か何かであるように思った。

又一人の刑事が写真機械を持ち出して、庭の植木の下でヒネクッていた。

私を写すような真似もした。

朴烈《パク・ヨル》の怪写真事件なるものがどんな事が私は解らなかったが、握りめしを包んで来た新聞紙の記事を読んで、それと之とを連想して、私は自分が怪写真の事件中の主要な人物の如く嫌疑されている者のように思ったりした。

警察の方では中々私を留置場から出す事を許さないらしかった。

友人のKやSやYやNなどが奔走してくれて、九州へ私をやる事にして、九州は母の義弟が居るので其処で静養さす事にして、私はKが弁当を持って来てそれを言うので其の積りになった。

私は警察を出て家に帰って洋服を着たりした。

それからKにバナナを買って来さしてそれを食べた。S刑事が来ていて、「九州へ渡ったらおとなしくせな不可《いか》んぜ、警察の方はもう何もしないから」と言った。

母とKとが私に着き添ってくる事になった。父は非常に心配そうな顔をしていた。

私達は第十四宇和島丸に乗った。

船の中で私は酔うて吐いた。

臼杵に上陸した時大勢の人達が海で騒いでいた。

雷様が鳴った。雨が降り出していた。私は停車場の前の広場の松の木の下に座って観音経を言ったりした。

それから汽車に乗ってS子達の居るN駅では大きな声でオランだ。

N駅から三つ目のT駅に私達は下車した。

日が暮れかかっていた。

母の義弟のK氏が迎いに来ていた。K氏の家には子供が沢山いた。

私はKと一つ紙帳《(ママ)かや》にねた。

夜中に天井に吊ってあった狸の頭を下ろして、私は其の狸の頭に問答したりした。

Tの人達も狂人が来たと言うので近所でわざと大きい声をして騒いでいた。

翌朝私は歯磨粉の袋を持って楊子《ようじ》を咥《くわ》え乍《なが》ら家の廻りを一巡した。

そして朝めしを食ってから或お宮へ参拝した。それから日蓮宗のお寺へも参拝した。

私は国の警察に留置されている時、一度其の留置場の錠前を破壊して飛び出した。すると巡査達が五六人でよってたかって頭から袋をかぶせたりして私を又元の留置場の中へ入れた。錠前を私は井戸の中へ放り込んだのであった。

私はS子のところへ行って来ると言い出した。K氏もKも頻りにとめるのであった。K氏はS子を呼んで来て此処へ連れて来るからと言ったけれど私は聞かなかった。

S子に逢わないのなら九州に来る理由がないし、切角《せっかく》此処まで来てS子に逢いに行かないのは、S子に対して済まないなどと思った。それのみならず一刻も早く私は逢って話したかったのである。私はS子かS子の姉か、どちらかが死んでいはしないかと思った。それは猫入らずでも飲んで自殺しているように思われたのであった。国の警察に居る時に考えた事である。

私が狂人になった事を知って彼女達の中《うち》、どちらかが先に自責の念から死を決したに違いないとさえ思った。

そうでなければなぜS子は電報まで打ったのにやって来なかったのだろう。

私は鞄を提げて停車場に向った。一文無しであった。母も誰も私に金を呉れないのである。

橋を渡ってからKが後から追っかけて来た。夫《それ》で一緒に停車場に向ってそして汽車に乗った。

N駅に降りてから二人は馬車にも乗らず、半里あまりもあるS子の家まで辿り付いた。

S子は居なかった。S子の姉が一人の男と話をしていた。

私は何にも言わずに黙って上って行って、そして姿見の前に座って、粉白粉の新らしいまだ使っていないのを開けて、顔や首に塗り初めた。

三十分ばかりするとS子が帰って来た。

其の時私は裸になって体中に粉白粉をなすくっていた。

S子は金盥に水を汲んで来てそして私の体を拭いてくれた。

私達四人は御飯を食べた。

私の母が近所まで来ていて、S子を寸時《ちよつと》呼び出して話をしたのを私は知らなかった。

「あなたのお母さんに今逢ったのですよ、」というような事をS子は言った
其の晩である。

私達四人は一つの紙帳《（ママ）かや》の中にねる事になった。私はどうしても眠れなかった。

私はハーモニカを吹いたり又お経を言ったりした。そして夜中の十二時頃私はどこかへ行くと言い出した。Kがとめた。私は戸口でKの頭を蹴飛ばした。

Kは殺してくれというような事を言った。それが私にはしゃくにさわったのであった。

S子は「姉さんは病人ですから」とか言って姉をかばうようにした。

みんな床から飛び出して了った。

私は庭の土の上で持って来ていた自分の頭髪を燃やしたりした。

一睡もしなかったのであった。

KもS子もS子の姉もみんなどこかへ行って居らなくなった。

私は一人で座敷で火を燃やした。畳が焦げた。煙が部屋中一杯になった。

うすら明るくなってから私は海岸へ出掛けた。

私は誇大妄想狂にかかっているのであった。私の頭は腫れ上っている。

私は弘法大師の生れかわりなのであると信じていた。それで私は何と云う変な事をやった事であろう。

朝日が上りつつあった。

海岸の砂原の松原の下で裸になって、そして波打際まで走って行って潮に浸る。

それから砂の上をころがり廻って松原の下に座って休んだ。

私は頭が疼き出した。じっとして居られなくなった。何と云う孤独だろう。誰も私を理解しているものはない。刑事達が向うの松原の蔭にかくれていて私が海に飛び込んで、再び浮び上った時には死んでいるかも知れないので、様子をうかがっているように思った。

私は松原の近くの人家の井戸へ行って水を汲んで頭にかぶせたりのんだりした。

私はとてもたまらない気持でいた。

頭が張り裂けそうであった。

仕方がないのでS子の家まで帰る事にした。

途中家を建てているところがあった。其の大工さんの仕事場の材木の下にころがったり、鉋屑《かんなくず》の上に頭を突っ込んだりした
頭が今にも割れそうであった。

それから「ますこし行ったら涼しい所がある」と言われて或家へ行って仏様を拝んだり、思いきり大声を挙げて泣き喚いたりした。

私はどこかに牢を建てられて其処へ入れられるようになっているのではないかと恐れ戦いていた。

牛がもうと泣いている。私は其の声を聞いて胸を突かれたように思った。

人が大勢よって来た。「庚申堂《こうしんどう》へ行って休むが好い」と或人が言う。

私は穢《きたな》い水の流れているところで頭を冷した。

測量人夫が大勢いた。

肥料会社の汽笛がなった。

S子の家の方角がわからなくなった。

学校のそばを通ると大きい女生徒達が
「狂人が来た！　来た！　こっちよ」とか言って私をはやしたように思った。

方々《ほうぼう》で家を建てたり壁を塗ったりしている。

それ等の物音が皆頭にひびく。皆私に関連した事柄のように思える。

或家の玄関口に一本の蝙蝠傘《こうもりがさ》が置いてある。それがS子のもののように思える。私は這入って行って、「S子さんは来ていませんか」と問うたりした。

私はS子の家へ帰った。

S子の姉は昼ねをしていた。

押入れの中におかわや足袋や色んな物が置いてある。

S子の着物とS子の姉の着物と一つの行李《こうり》にゴジャマゼに置いてある。

又床の間の脇の押入れの中には提灯があったり、小さな袋が四つも五つも置いてあって、其の袋の中には重いキレイな石が這入っている。

私は布団入れの中へ這入って蠟燭に火を燃やした。

私はS子の姉やS子の母などが私の気が違っているのをなおそうと思ってわざと此んな事をしているのだなどと思った。

そして醤油をのんだり、ソースを飲んだりした。又腐ったナスビの煮たのが皿に盛られている。台所には糊のくさったのがバケツに入れてある。

私は昼ねをしようと思った。眠る事が出来なかった。

S子と接吻した。

其の晩である。S子の母が俥《くるま》に乗ってやって来た。

そしてS子と二人で出て行った。

私はS子の姉に言った。「私が顔を洗う時洗面器の中に水に浮いて一筋の髪の毛が、指輪のように結ばれていた。あれはあなたの髪の毛だったのですか。」

一本の女の髪の毛で大象をつなぎとめる事も出来る。私が狂人でもないのに冗談にも狂人と言ったりしては不可ない。

S子の姉は、「私はあなたを狂人とは思わない、気が狂っていないではありませんか」と言った。

私は便所へ這入って金盥をガランガラン便所の壁に打《ぶ》っ突けたりした。

S子の母は帰って来たけれどもS子は其の夜とうとう帰って来なかった。

母親とS子の姉と三人で一つの紙帳の中にねる事になった。

私は便所の中に二時間も居たりした。

S子が私を呼ぶ声がしたように思った。S子は押入れの中に這入っているのではなかろうかと思った。

私は一度床の上にねたけれど、眠れないので起きて次の間で鏡の前に座って、どこかへ出掛ける準備をした。

S子の着物を着て、S子の帯をしめて提灯に火を灯して私はS子の父の居る家へ出掛けようと思ったのであった。S子が父の家に帰って居るように思った。しかし其の家がどこだか私は知らないのだった。

雨が止んだ後のしめった道を私は歩るいた。暗がりの樹立の多い小道を抜けて広い通りに出た。

車屋を起したけれど乗せて行ってくれないので私は大声で、「たった一人の女を慕って」とかトギレトギレに様々《さまざま》な事を言って歩るいた。

どこの家も戸が閉ってね静まっている。

私は橋を渡って或《ある》町角まで来た。方角がわからなかった。夜の明けるのを待たなければならない。

私は道の真ん中に首巻を敷いて其の上に座り、提灯を前に置いてお経を唱え出した。自分では日蓮の辻説法のような気持でいたのである。
一、二時間もそうしていると、荷車を曳いた男が通りかかったりした。或一人の老婆は五銭の穴開銭《あなあきせん》を私に放ってくれた。

私は町をぐるぐる廻った。

朝になった。或家でS子の父の家を問うと解った。私は這入って行った。誰も返事をしないのであった。奥の台所の方へ行くと二人の若い女が逃げ出して隣りの裏口を開けて這入って行った。

一人はS子のような気がした。

私も這入って行った。すると四五人の若い男が居るのであった。

一人の男が恐い目をして私の前に立った。私は、「あなたはS子さんの何かにあたる人ですか」と言った。

其の男はだまっていた。それで私は後がえりした。そうしている中にS子の父らしい老人が二階から降りて来て
「あなたがどこかお悪るいのなれば此の薬を飲めばなおりますから」と言って小瓶を持って食卓の前に座っているのであった。

私は上ってそれから朝めしを御馳走になった。

私は床の間の達磨を動かしたりした。私は興奮して変な動作をするのであった。

便所へ這入って一時間も其の上もかがんでいる。

二階へ上るとYと云う人が下宿をしているのであった。Yさんは肥料会社に出ている若い工学士であった。

蓄音機があった。私はYさんの机の抽斗《ひきだし》をマゼたりした。

それから又水枕をして貰ってねたりした。熊の皮があった。私はそれを敷いて其の熊の毛で以《もっ》て足の爪や手の爪を磨いた。

S子の父とゴを打ったりもした。前の往来を通る人々の声が一々気になった。

私は刑事や巡査が私を捕えようと思っても此の家に居る以上はS子の父が保護してくれているので手出しが出来ないのであろうと思った。

葬式の行列や魚売りが前を通る。

S子の母も帰って来ていた。

Yさんも二階へ上って来た。

私はYさんが刑事のような気がした。

私は一度近くの銭湯へ行った。一人の男が拳を固めて私を威脅《おどか》した。

S子の父が二階へ上っては不可《いけ》ないと云う。Yさんの机をマゼては不可ないと云う。

私はそれを無理に上って行くのである。

其の夜私は押入れの中へ這入《はい》って足を組んで壁に凭《もた》れたなりで二時間程ねた。

風呂場のまだ湧いていない風呂桶の中へ這入っていると、S子の父が風呂桶の蓋を持って私を打つ真似をした。

裏の庭の納屋には破れ易い絹の袋があった。炭俵や炭やセメント樽の開いたのなどがある。私は其処で様々な狂態を演じた。

物干竿にはS子の浴衣とS子の姉の浴衣が洗濯して干してある。

私は屋根の上へ駆け上ったりした。

要するに私の頭は混乱していて不眠の為に益々異常なものになっていた。

手拭いが手拭い掛けに掛けてあるのが人間に見えたりした。色んな幻想が現われ、幻聴が聞かれた。

S子は姿を見せないのであった。

私は一度散歩に行って来いと言われて出掛けた。夕方であった。

私は少し歩るくと疲れた。石の鳥井(ママ)のあるお宮の下で私は飛んだり跳ね上ったりした。

S子の父は私に向って「あなたは決して気が違っているようには思わん」と言った。

仏壇の前でお経を読んでいると大勢の人が家の前にタカッたりした。

兎《と》に角《かく》変な事が沢山あった。

Yさんは二階で、電燈の覆いを両手で持って吹き消すような風をしていた。私は便所へ行って、廊下からそれを見て何かの暗号のように思った。Yさんが両手で自分の腹を撫でているのを見ると、それをする事が私の病気の為に好い事のように思った。

声の好く出る薬、即ち美音法に用うべき丸薬がYさんの机の抽斗にあった。女と映した色んな写真があった。三味線の糸などもあった。

私はYさんは私の病気を癒そうとしている医者のような気もした。

「今夜重要会議か協議会かと云《い》う風な催しがある」

とS子の父が言った。

階下の奥の座敷に四五人の人が来ている。私は二階にいた。降りて見ると、制服を着た巡査二人と、大きい体格の和服の男が二人と、Yさんもそばにいるのであった。

私が便所から出てそれ等の人々のそばに座ると、それ等の人々は何やら言いかわしてみんな出て行った。

それから其の夜私はS子の父から追い出されたのであった。二三回も私は戸を叩いたり町を彷徨《うろつ》いて、どこもとまるところがないので、とめてくれるように哀願したけれど、S子の父は許るさなかったのである。

私は川の水の中へ投げ込まれるのではなかったろうか。川べりへ降りてゆく背戸のところは大きい竿や漆喰や石炭や其の他の佐官《(ママ)》の用意が置いてあって、私は壁のように体を塗られて、そして弱ったところで、川の水で洗われて正気に返ると云う風な境遇ではなかったろうか。

私は川の浅い流れを歩るいて行って水に濡れない石の上に腰を下ろして、三四時間も其処にお経を唱えた。

橋の上を自転車で通ってゆく人もある。

それからS子の父の家の軒下にたたずんだけれど戸をあけてくれないのであった。犬が吠えた。

四五丁行くと、キリスト協会があった。そこだけ表の戸が開かれていた。「誰でも煩悶のある人はいらっしゃい。御相談相手になります」と書かれていた。

私は這入って行った。一人の男が出て来た。其の男は留守居だと言った。私は応接室みたいなところへ通ってとめてくれとがん張った。

私は庭の強烈な匂いのする草の上に小便した。

二畳敷程《ほど》の部屋に寝室が一つ置いてあった。私は其の上にねて紙帳を吊り戸棚を開けると子供の玩具や数知れない程沢山のおしめ用の布があった。私はそれ等のものをまぜ返した。それから子供の着物を着てみたり、夜通しそこに起きていたのであった。

牧師様の着る礼服を着たりした。神厳な基督《キリスト》の祭殿のある居間の戸を開けて這入ると頭がふらふらとして卓や戸板に頭を打ちつけた。

「コックみたいなものだ」と男が言ったようであった。私はコックをしなければならないのか。台所に幅の広い板があった。白いパン粉でもねる板らしかった。何かの糊の入れてある鉢があった。私は其の鉢の糊を足や胸や背中や体中になすくった。

それから風呂場へ行って水風呂に入ったりした。夜が明けた。

私は其の家を出た。S子達の家へ行こうかとも思った。

お寺があった。

お寺の本堂へ上る階段を上って行った。それから中へ這入って拝んだ。一人の巡査と普通の男が腰掛けていた。

大勢の人間がお寺の隣りの家にいて、ぜんざいか何かを拵えているらしかった。大きな声でオランでいた。

私は本堂の廻《まわ》り椽《えん》を舞台にして踊りを踊ったりした。二三日一睡もしていないので頭は元より普通でなかった。

吊鐘堂があった。私はそこへ行って吊鐘の下に立って頭を吊り鐘の中へ入れ、そして吊鐘を突いた。私の頭にヒビが出来た。

それから松の木の生えている庭から上ってお寺の住宅の方の便所の中へ這入った。まだ大勢の喚き声は聞えた。オルガンの音が聞えた。S子が来ていて弾いているのではないかと思った。

和尚さんがめしを食べさす準備をしているようだった。

私は便所の中から中々出なかった。

遂々《とうとう》二人の巡査が来て私を好いところへ連れて行くと言って便所からヒッパリ出してそして宿屋へ連れて行くような事を言ったのであった。

私は或呉服屋の前まで来た時、呉服屋へ這入ってお客さんの腰掛ける丸い小さな椅子を二つ持ってそして二人の巡査に向ってタンカを切った。

だが結局警察へ連れて行かれた。

警察の小使室《こづかい》へ上って休んだ。其の窓から飛び降りて便所へ這入ったりした。

巡査が饅頭《まんじゅう》を呉れた。

「君の年はいくつ」だとか、同じ事をくり返しくり返しうるさく聞くのだった。二人の女の給仕がいた。

私は留置場の中へ入れられた。

それから一週間か十日程私は留置場の中に居たのである。

その間に朝鮮人のKが尋ねて来た。S子は一度も来なかった。私は大きな声でオラビハチケた。

朝鮮人のKは饅頭やキャラメルなどを持って来た。私はS子にやる手紙をコトヅケたりした。

私は巡査のメガネや万年筆を取った。

或巡査に竹刀《しない》で右の目を突かれて三日程見えなかった。又刑事にピストルで打つ真似を何回もされたりした。

女の一人の給仕は美しい娘であった。それが出鱈目な電話を方々へ掛けているように思った。

新聞記者や色んな男が覗きに来た。

お萩《はぎ》を一つくれた男があった。

父が国から迎いに来た。私を中津へ連れて行くというのであった。母も来ていた。

三人で警察を出て停車場に向った。

停車場でも汽車の中でも妄想を抱いていて私は頻りに父や母を悩ました。

Nから中津まで十時間ほどかかるのであった。中津へ着いた。

私は停車場の便所の中へ這入った。

それから俥に乗って郊外へ出た。父や母は先に歩るいて行った。

漢法医の、老人で脳病に勝れた手腕のある人が居るというのであった。

田ん圃《ぼ》の稲が実っていた。

私は途中車から降りて、コヤシ小屋のヒ杓を持って臭いコヤシをまぜたり積藁の上に糞を垂れたりした。

日が暮れていた。

或百姓家に父や母は這入っていた。

私も草から降りた。其の家の入り口に稲の刈ったのが束ねてウズ高く積まれていた。私は其の稲を肩に荷なったり、仰向けにねて腹の上にのせたりした。

前の家には庭に糟が筵の上に干してあった。私は田の溝の上にねころがって星を見たり、海岸を走る汽車の音を聞いたりした。

赤い蟹が私の耳のそばに幾匹もいた。

葉鶏頭《はげいとう》をちぎって私はそれを頭になすったりした。

私は糟を体中に塗った。頭から糟モミレになった。

釜屋へ這入って燃え残りのカマドの火にあたった。

熱いお湯をおかみさんがのませてくれた。

四辺は暗くなったいた。

私は壊れた桶の中へ尻を据えて糞をヒローとした。

そばに大きい氷の固まりが置いてあった。私はそれを両手で持って石の上へ打《ぶ》っ突けて割った。四五貫匁《かんめ》はある氷の固まりであった。

巡査が来て私を後手に縛った。そして前の家へ運んだ。私は後手に縛られたなりで畳の上へうつ伏せにねていた。庭へ降りて塵取りを動かしたりした。両足もしばられていた。

物置きのようなところへ入れられて私はそこでねる事になった。

私は眠れなかった。

父や母は前の家にねているらしかった。私は夜中に、後手にくくってある帯を解く事に二時間もかかった。

左官のコテや土をコネるものなどが置かれてあった。私は此のままどこかへ脱走したかった。庭に降りて見た。

四五人の若い者が居るのであった。二階には巡査が居るらしかった。

私は何かの棒を振り舞(ママ)わしたり二階の上り段へ色んな農具を放り上げたりした。

父と母は一つの布団の中にねていた。

私は神様と仏様を拝んだ。其の拝み方は大変なものであった。

まだ夜が明けないのである。若い者が二人で将棋をやり初めた。私も一番さした。私はマッチを燃やしたり、お茶を沸かさして飲んだりした。

隣りに西洋館の病院があるのであった。私は裏の柿の木の下に立ったり、馬小舎に藁を切っているのを見たりした。

巡査らしい一人の男は「決して自分は巡査ではない左官だ」と言っていたが私から目を離さないのであった。

風呂場があった。私は病院の裏の田の畝《うね》に座ったり、其処に落ちている小さな瓶を拾って嗅いでみると、中にまだ何かの薬があったので其のネバネバした薬を鼻の穴に入れたりした。

一人の婦人が病院の硝子戸《がらすど》の窓から覗いていた。

私は病院へ閉じ込められる事を怖れた。

私がねころがっていた納屋の二階からは、巡査ではなく坊さんみたいな人や信心深いような女の人が降りて来た。

色んな人がいた。細君があって子供もいた。百姓の老人夫婦もいた。

私は風呂場で裸になって、なまぬるい硫黄《いおう》臭いような水の中へ這入った。

それから寒くてぶるぶる顫《ふる》え出して、大急ぎに急いで着物を着るべく母や父の居るそばへ行った。

私は便所へ這入った。

Bまで汽車で今日帰ると父は言った。

私は便所の草履を頭の上へのせたりした。

どうなる事か私にも何にもわからなかった。一人の巡査が来て私を縛ると言い出した。

私は朝日を拝んだ。私は両手を縛られたなりで、家の前のドブへ、洋服のズボンのボタンを若い者に外させて、立ち小便をしようとして中々出なかった。

其れは昨夜で星が光っていた。

私は自動車に一人の巡査と乗った。

停車場へ着いた。一人の軍人が私と一緒にBまで行く事になった。

父や母も一緒だった。

私は汽車の中でヘタバリそうだった。

生きた心地はしていなかった。腰掛からズリ落ちて軍人の長靴の皮に接吻したりした。

B駅へ降りてからどこへ行く事やらわからなかった。

車に乗って警察へ連れてゆかれた。それから最新式の手錠をはめられて、昼めしに巡査が箸を持って、私の口に入れたりした。

四五人の巡査が色んな事をした。仕舞いに足錠もはめられて窓の近くの柱へ結びつけられた。私の両手は腫れ上って了った。

変な事ばかりを私は経験した。B町の凡《あら》ゆる階級の人達が受け付けへやって来た。

留置場には変な男がいた。

子供が一人でやって来た。其の子供は新聞紙に包んだ弁当を持っていた。それから新らしい帽子をかぶっていた。

私は其の子供から小さな貝を貰った。一人の変な男がやって来た。其の男は大分市で、別に何にも悪るい事をせぬのに、巡査さんが私を拘留したりするのはあんまりじゃありませんかとか、私が其の時にしたような事を言って着物を脱いだり、留置場の中へ入れられたり出たりしていたが、今考えても私には不可解な男であった。

私は喉が乾いて頻りと水を飲みたがった。

薬缶の水を巡査が飲ませたがそれは薬であったような気もした。

私は汽車の中でもどこでも、狂人であっても乱暴も何もしないのに、私の自由を拘束したり、身体を傷つけたりするのは不法だとドナるのであった。

B町の人達が私に同情して、それが為め私は、軍艦に乗って国へ連れ帰られるか、又は山の上へ別荘でも建てて、私を四五年静養さすような準備をしているだろうと思った。

其の日の夜十時頃になって、父と母が警察へやって来た。私はそれから車に乗って、汽船待合所へ行った。第十四宇和島丸が桟橋に横付けになっていた。父や母は一晩Bにとまって帰るが、あんた丈《だ》け船に乗って帰るか、と言うような事を船員が言った。

狂人は船に乗られないと船長が言った。私は船が出帆するのかしないのか解らなかった。沢山の野菜が果物みたいな、大きい籠に入れた荷物が積み重ねられてあった。

私は上甲板の上へ上って、煙突の煙の出る下の機関室の石炭の熱い風の来る所を覗いたりした。追って来た巡査が私を下の甲板へ連れて行こうとする。私は其の巡査と甲板の上で大格闘をやらかした。逐々《おいおい》応援に来た巡査等や船員達の為に下の洗面場にアンペラが敷いてあって、其処へ担ぎ込められた。

父がそばに座っている。

月は照っているのであった。

船が港に着くまで命があるかないかは保証出来ないと巡査が言った。父は、私が死んで暴れない方が安心だ位に思っていたかも知れない。

私は暴れ廻った。

小さなどこかの島へ私を上げて、私は其の島で孤独な生活を五六年もしなければならないのではないかと思った。

事務長がビスケットを少しくれた。

私は座ることも出来ないように後手にくくられた綱を、小さな丸窓から船員がヒッパッているのであった。

父は恐れ戦いて、そばに居たたまらないで、船のヘサキのところにいる。船員達も右往左往するのであった。

鳶口《とびぐち》や雨合羽《あまがっぱ》などを私は足で蹴飛ばしたり、手首丈が動けるように綱をほどいてから、マッチを擦って火を燃やそうとした〔り〕すると、船員がポンプを持って来る。探偵小説か活動写真の場面のようであった。私は自分が真言秘密の行者であるかの如く思っていた。

或港へ着いた。船員達は木材か何かを下ろす。兎《と》に角騒《かく》がしくやかましいので、私は尚興奮してトテツもない事を考えたりシャべったりする。

船がY港へ着いた。朝の八時頃である。私は降りないと言ったりした。両腕をあまりにキック細引でしばってあるので腫れている。心臓がとまりそうだ。

事務長はもう少しだから我慢しなさいと云う。父はほどいてくれないのである。軈《やが》てハシケに乗った。汽船の汽笛がやかましくて耳が潰れるように思った。私はほんとに早く綱をとかないと血管が破裂して私は死ぬるであろうと思った。

家へ帰るなり、直ぐ私は台所へ這入って包丁を持った。母も父も逃げ出した。

私は自分の部屋へ這入って、片一方の腕をしばった綱を包丁で切り、サメザメと泣いた。

そして十分間位《くら》い立《(ママ)》って右の腕の綱を切った。そうしないと一度に切ると心臓が破れるだろうと思った。

そうしていると一人の巡査が来た。警察へ行こうと言うのであった。私は行く必要がないと思った。私は巡査の口を擲《なぐ》った。父が加勢して、遂々《とうとう》私は又巡査にしばられて警察の留置場の中へ放り込まれた。

一人の雇婆が毎日めしを持って来た。私は留置場の格子から手を出して、其処に積んである何かの板や畳や紙帳などをヒッパリ込んでドナリ散らしたり、荒れ廻ったりした。

家で雇った婆さんが毎日弁当を持って来た。私は夜昼となく怒号した。

電球を、着物を裂いてなった綱にヒッカケて取ったり、アルミニュームの水入れを傷めて笛のようにしたり、壊れた板ぎれで短刀様のものを拵えたりした。

巡査が水を打っ掛けるのであった。

私はお椀に糞をヒッて、之《これ》を署長さんに上げてくれと雇婆に言ったりした。誰かのフンドシをも、私は留置場の中へヒッパリ込んだ。

蓄音機の音や三味線の音がした。一人の芸者が私の隣りの隣りの留置場の中へ這入っていた。それを見舞に二人の芸者が来た事があった。

焼野のキギス夜の露。

私は隣りの留置場へ移転させられた。金網が張ってある。其の金網を私は手でほどいて大きな穴を開けたりした。

私は荒れ狂うた。天井へ這い上ったり、足でもって床板を踏み、手で叩き、一刻も休まないでやかましい音響を出すのであった。

巡査達はかわるがわるやって来て莨《たばこ》をくれたりした。

夜中に酔っ払いが心臓麻痺を起して死んだと言うので、隣りの留置場へ警察医や刑事が提灯を付けて這入って騒いでいたりした。

スリの犬殺しだと云う一人の爺さんがいた。子を負ぶった女が「じいちゃん、もう三日したら出られるきんな」とか言って毎日べんとうを持って来た。

私は十日ばかり留置場の中にいた。

一度一人の巡査の顔に糞を打っ突けたりした。色んな人間がかわるがわる留置場に這入っては出て行った。

私は弁当を包んで来た新聞を読んで、鬼熊を自分のように思ったり、朴烈の怪写事件を心配の種にしたりした。

物凄い、犬にも劣った生活であった。刑事や巡査が、かわるがわる来て私をからかった。

私は留置場の錠前をガタガタ言わして開けようとして、手を出していると、竹刀で一人の巡査に肱のところを打たれた。

巡査が井戸端で、顔を洗ったり冷水摩擦をしている。大工さんが来て、私の初めに這入っていた留置場の寸法を取ったりしていた。

父がバケツとホーキを提げてやって来た。そして水を撒いて掃除をするのであった。警察に命令されたのだそうな。

私は留置場から出された。

二人の巡査が追いて来た。

私は興奮していた。

家に帰って見ると、釜屋のクドのあったところへ、新らしい材木でもって警察の留置場そっくりの牢を拵えてある。

壁にかかっていた鹿の角の柄の付いたナイフが目に付いたので、私はそれを握って振り上げた。巡査が青い顔になった。

私は其の牢の扉を開けて這入った。

それから五十日ばかり、私は其の牢の中の生活をしたのである。それは実に奇妙な生活であった。私の頭が奇々妙々になっていたのであった。

初めの間私は実に変テコな事をした。畳を引き破って、蜘蛛のように牢内を藁や古い糸で張り廻したり、バケツを叩きしゃいで引っぱり入れたり、牢の木の皮を剝いて食べたりした。

　三味線の糸を貰って三味線を弾く真似をしたり、汽船の汽笛を何かの暗号のように感じて悩まされたりした。近所に石油倉庫があって、石油缶を船に積んだり、上げたりする音に私は憤激したり、始終わけのわからない事を言ってドナッていたのである。

　或日マキタバコを一本雇婆さんに貰って、それで火を起して枕や古雑誌を焼いていると、大勢の人が大騒ぎをしてポンプを持って来て私に注けたりした。

　私はバケツの壊れで牢の天井の板を破る事に骨を折った。私が天井の板を打ち破ると、父が又新らしい板で防ぐのであった。

　父は金棒を持って、私は便所の所からヒッパリ上げた小石を父に打っ突けたり、毎日毎日父と牢の内外で喧嘩をするのであった。

　何と云う悲しい事であったろう。

　私は一度牢の天井を破って近くの銭湯へ、頭へメシズ（ママ）をかぶって行った事があった。

　糊と刷毛《はけ》を入れて貰って、紙袋や色んな絵を貼ったり、針と糸を入れて貰って縫い物をしたりもした。材木屋のおかみさんが伏見の稲荷信者の女の人を連れて来て、私は頭へお水をいただいたりした。

少しずつ頭の工合が好くなった。然し一日として怒号しない日とてはなく、妄想に魅かれていたのであった。M子とS子にはがきを書いて出して貰ったりもした。返事は来ないのであった。

私は今馬鹿馬鹿しい甚《ひど》い生活をしています。

あなたが少しばかりの愛を私に施して下さるように私はお願いする。それは私に手紙や絵や、特においしいお菓子や其の他の缶詰類の食物や、飲物を私に送って下さる事です。

——

私は、未だに人々から狂人視せられて、檻の中に生活しています。私の父も私の母も私を理解してくれていない。私は自分の脳髄の不完全な事を誰よりも好く知っている。それで出来るなら一日も早く自由の身になって、あなたと一緒の生活をしながら気永に養生したいのです。

私は風邪を引いて死にかけている。鰯を食ったから肺炎になりそうだ。

宇和島の闘牛

低い柵に囲われていて、
雲が豚になり、一匹の白い蝶が飛んでいる。

教外別伝の道場で、老いたる豚の鼻の先を舞いつづける蝶は言語道断である。縮れた尾バチを振り動かして、老いたる豚は、日の暮れかかった雲となっている。

太陽に染められて、茜色になった雲もある。死んだ鶏のような雲、それは、………模型の陳列である。

だが一切を知るものに記憶の要があろうか。

だが、一切は一切ではない。

豚の仔は二四、豚小屋の中にいて、空気を舐めている。舐められた空気は、川の清流に身をすすぎにゆきたく思う。

ワイシャツの此《こ》の暑さの激しい夏の、ワイシャツの汗に汚れ、それは咳血をした青年のものであるが故に、十四インチのカラーは、豚に小さ過ぎる。豚は悲鳴を挙げて泣かずに居られない。

若《も》し豚が画家であるなら、自分自身を描くだろう。自分等の種族の蛸の吸盤のような鼻の恰好を尤《もつと》も誇りとして厳密に描くだろう。描かれたものは決して、描かれないものと不同ではない。

豚の皮膚を通して結核菌は、豚の内蔵を攪乱するであろう。

一匹の豚は、友人の其《そ》のワイシャツを五時間もヂカに自分の皮膚につけていた。それはジトジトに汗に汚れたものである。

豚は結核を恐れている。それは死を恐れる以上に恐れている。

彼等に取って、ヒガンボーの如く痩せ細る事は、生存の意義を為さない。

あのダブダブに肥え太った皮膚の中には、色々なものが入っている。重い地蔵様の石の頭なども放り込まれている。

単に人間と同じような骨があるんではない。

絶え難い臭気を人間丈《だけ》が感じた。

竹の藪と桑畑と櫨《はぜ》の木のある小山の麓にある養豚場である。

一匹の蝶が飛んでいた。

広い田の中の小径を蝶は飛んで行った。自分の飛んでゆく前に一匹の白い蝶が、蛾のように小さい夜になって歩るいてゆく。

人間がものを言う事は、機械の初まりであった。だが何《ど》んな機械でも壊れぬと云う事は無かった。

豚は今、生きている。彼の生は極めて、ユッタリしている。満ち足りている。糞を食って、少しの糞を垂れている。

静かな田舎の小川の後の柵に囲われているところ、彼等には生を滑稽なものに感ずる人間の悩みも無い。

彼等には食欲がある。

それは風のような食欲である。

胃袋の風車を風が廻し止めると、鼻で風を吸い込む。

メェーメェーと鳴けば、風がどこからでも口へ入って来る。

それで満足なのだ。

彼等には此の上の欲望は起らない。海外旅行の夢想も無ければ性的陶酔の欲求も無いし、只《ただ》活動を見たいと云うのである。

トーキーを豚はまだ一度も見た事がない。

柵を踏み越えて、川の流れを渡って、郊外の屠殺場のある附近へ逃亡する事は至難ではない。

しかし読書しない豚に、凡《およ》そ生の快感を思う事はないのだ。

彼等の時たまの跳躍、仔豚に対する愛撫、交尾の時の足の爪先のピンと迸る電気。

公判の席の×××のように、それ等は柵の中で、劃《く》ぎられたカンバスの上で、
囲いが無くなれば、囲われたものも無くなる。

不立文字《ふりゅうもんじ》と言い、千ノ利休は、力囲希咄《りきいきとつ》と言っては居るが、過去の宗教が、語られた言葉に過ぎないもので、語られた言葉は何の意味もない。それ等は単語の交雑に過ぎない。

其の意味を強めて、又再び語られるであろうか。新たなる事柄が語られるであろうか。

語られない言葉、生れない子供。

言葉が求められ、子供が産れて来る。

現在の宗教はジャーナリズムである。

あまりに言葉を過去の人類が重要視〔し〕過ぎた。だが今後まだまだ豚の悲鳴はつづけ

られる。

スポーツマンシップでない豚の哲学的存在が、其の怠惰な、懶《ものう》い思惟が、雲となり、無数の蝶となる。

二つの時間が、存在するのである。

だから、牛は、何故に、鼻を掴まれると動かなくなるか、彼の荒々しい呼吸が、妨害され、空気が拒まれ、空気の情緒が乱されるからでもあろうか。

闘牛場の柵は、豚小舎のよりも、岩畳《がんじょう》ではある。二匹の牛が角を突き合わせて、突き合う。角のカチ合う音が健康な性欲を象徴して聞かれる。

黒い牛と、赤い牛が闘う事もある。

二匹の黒い牛が、今闘っているとする。

牛のその目は何と云う目だ。それは何を見ているのだ。和かな目をしている。彼等の逞しき胴体、艶よく黒光りしている。

重そうな睾丸が垂れている。

之《これ》はまことに原始的な、人間と牛との差別もまだ、ハッキリしていなかった頃のような事柄のようだ。

「オーイ、××牛よ、早う出て来いよ。オーイ、〇〇〇牛を連れて、早う出て来いよ」

拍子木が鳴って、入り口の大きな木で組み合わせた扉が開かれる。そして二匹の牛が入って来る。

幾十条の幟《のぼり》を、幾十人の人間が持って、牛と一緒に入って来る。

牛の土俵入りの時は、横綱の牛は美々しく飾られて入って来る。太い縮緬《ちりめん》の綱を背から腹に巻いている。

闘う時は一糸も身につけないで、鼻の穴にはめられた木も抜かれる。牛が角を突き合わせて、闘う事は、何が目的なのか、敵の生命をネラウのでもない。敵の攻撃力に堪えて、敵の攻撃を無くする事だ。

豚は野蛮な牛の角力などを見たがらない。

豚と牛とを闘わせるなら、豚は悲鳴を挙げて逃げる丈《だけ》であろう。豚の生活と牛の生活とが何の関わりがあろう。父の時代と子の時代とにそれは不可抗的な時間の隔りがある。父と子と同時に此の世に生れ出でたならば、人間が、人間の生殖に依ってのみ生れ出づるものでなかったならば、生物としての彼等に、人間とか牛とか豚とかの不等が無かったならば、何《ど》うであろうか。

黒い二つの塊りが角突き合わせて闘っている。後向きになって逃げ出した方が負けなのだ。

牛は笑っているのではないか。

山懐《やまふとこ》ろに囲まれた窪地の草原である。真ん中は砂が盛ってあって、牛の鼻息と、蹄《ひずめ》の為に土埃りがする。

牛の匂いは好ましい生の本能を満足させてくれる。

牛の角を持って、各々《それぞれ》の牛の勢子《せこ》が、牛の頭を無理矢理に叩き角を突き合わせる。

牛は尻の所まで、筋肉を緊張させ、満身の力を腹に波打たせて闘う。引き分けの時は、綱を首に縛り、二三十人の勢子が向う鉢巻の勇敢な姿で左右に引き分ける。

牛の角を持ち、牛の耳を持ち、負けて逃げる牛に飛び付き、牛の鼻に木を通すまでが危険である。

豚は、尻の肉をコサイで、入用な丈《だけ》切り取って、皮をうったつけて置くと直ぐ肉が盛り上がり元のままになると云う。

人間は牛や豚を食うが、之は驚くべき空間的出来事だ。其の時空間は陥没し、収縮し、地震が起り冷凍肉になる。

人間が人間の事丈を考えて好きものであろうか。人間の社会の組織の変革をのみ、念頭において、牛や豚に何等の霊魂も無いと断定する事が出来るか、彼等の生存を無視して、人間丈で此の地球を我物顔に振舞う。

しかし、牛や豚の吸った空気を吸う事は、病弱な人間には適している。太古の時代には牛や豚の方が人間よりも華美なゴーシャな生活をしていたかも知れない。空間的差別と時間的差別、それ等の制限を撤廃して、一人の人間として、生存をつづける事は、情けない。豚のように何でも食って生きているのなら別だが、空間的なものが、何一つ残らなくなった場合、精神とか光りとか、時間とか丈を食って生きている事は、困難だ。一坪の墓地に骨となっている人間も、誰かの頭脳の記憶の中に、瞬いているのだろうか。

牛は大きい図体をしていながら、精神が人間よりも劣っているが為に、人間に好い加減な目にあっている。

牛乳は人間に飲まれ、豚の尻尾からは一種の電光があって、電力を起す可能性もあると云うが、之もカツレツに揚げられる。何時《いつ》まで此の惨虐な光景がつづくか。

人間は今に地球を食い尽し、星や太陽をも食い尽すだろう。彼等の頭脳の中では、既に幾千年の前から、解決がついてはいる。だが彼等の思考が、分別が誤ちを冒しているのだ。ところが性欲とは雨の降るような現象だとしても、男は過去であり、女は未来だとしても、何時まで豚は豚の仔、牛は牛の仔を産みつづけるのか。

彼等の生存が、原始の時間に復帰しようとするところに、速力的な、機械が発明され、それであるから、人間の骨は自動車の車体に取りつけると何かの役に立つであろう。人間の皮は何かの入れものにはなる。

　人間の文明が牛や豚には何ほどの最でもない。益々《ますます》彼等の生存の脅威であるに過ぎないならば、過去は言うに忍びない暗黒であり、犠牲的な悲劇であるように、純粋に時間と闘った場合には、時間は二つに割れて、空間が派生する。空間のキシメキが時間であり、山河大地一切の語言が一転して自己に帰すと百丈《ひゃくじょう》は道《ゆ》うのだ。

　自由は柵の中にのみあり、自己とは凡百の時間の低調音であり、牛や豚は人間の胃袋にある時丈が空間的な意義ある存在になる。

　最後には雲と共に飛ショーするもののみが残る。それは近よって眺めれば無に等しい。

　生存の寂莫、悲哀を感ずる事は、父となり、子となり一匹の蝶となる事だ。闘いながら小便を垂れつづける牛は、糞を食べる豚と何の差異もない。

神は熟睡したもう

俺はこいつを書き上げてから、小笠原島へ行くんだ。
釣をする。それから魚を食ってさえ居りゃ死ぬ事はねいだろう。
何も俺は女の事を、バッサリと思いきりたい為に行くんではねいんだ。
こちらに居ちゃ生活が出来ねいからのよ。

俺は女の首巻を拾ったんだ。女の首巻を貰ったんだ。女に拾った首巻をやったんだ。
だらしねぇ女なんだ。
女の足袋は俺の足には合わなかったよ。

それでも好い、これでも好い。

此《こ》の人は気が違った事があるのよって、女が、俺の女が、俺の目の前で、もひとりの女に笑って言ったっけ。

私が此の頃何《ど》んな心で暮らしているかお解りにならない筈がない。

私もう一度気が狂わなければならないのでしょうか。

私はたった一度で好いから、ほんとうに女の人に愛せられたい。

もう沢山だ、あれ以上彼女は愛してくれないんだ。


病院の賄部《まかないぶ》の配膳係りの白い服を着た若者と、看護婦との恋だと思ってくれなくとも好い。

カナリヤの歌も、食事に苦情を言う人は決して成功しないてな事も、何の関りはないけれど。

あのね。あのうね。

女はまだねていやがる。段梯子の下で追っぱらわれた事が幾度あるけい。

彼女も彼も職業を持っている事がよろしくない。二人とも多忙だ。

俺は朝六時に起きなければならない。目を覚まして五分間と云うもの、何と云う絶望だ、又くだらないねい馬鹿野郎共《ども》にめしを食わせなければならないのか、同じ事をくりかえすのか、何と云う自由のない一日だ。

晩は八時から俺は自由になる。本をよむ。


俺は今日一人の女を知った。

彼女の青春は老いようとしている。

彼女は間借をしているのであった。

午前八時半頃までか、午後の四時か五時の間でないと彼女は居ない。

コップに水のような体裁に酒を入れて、狂人に飲ませてやったのだ。

看護人が。

その看護人だって人が見ていない時には、廊下で逆《さか》たんぼに跳ね廻ったりする男なのである。

お正月の事であった。

宝焼酎二本と、正宗の四合瓶を買って来て看護人同志で酒を飲んだんだ。

そして一人の患者を逃がして了《しま》った。

一人の狂人が逃亡したのであった。

それが為に酒を売店から買った事も発覚して、二三人看護人をやめさせられる事になった。

何で又、首藤が狂人に酒をのませてやったのかと云うと、その狂人だって本物の狂人か何うか解らないのだ。

何でも嫂《あによめ》に失恋して、下宿屋の押し入れに火を放ったのだそうだが普通人とちっとも変らなかったと首藤は言う。

三ヶ月の短い間であったが、色んな狂人も見て面白かった。

脳梅毒で、蜂の巣のようになった脳味噌も解剖するのを見た。

哀れなのは公費患者だ。刑務所の囚人の食糧が、一年三十七円かそこいらだそうなが、すると一食三銭にもつかないのだ。

大根の切れっぱしや菜葉ばかりで、公費患者とは言うものの、狂人の生活はつらいものだよ。

僕も看護人になるまでは、狂人の生活にあこがれを持った事もあったが、つくづく可愛そうなものだと思う。

看護人だなんて、看視人と言いたい位なもんだ。

患者が興奮して燥暴になって来ると、看護人がみんなでよってたかって水風呂の中へトバシ込んだり狭窄衣《きょうさくい》を被せて、後手に縛って独房へ監禁するんだ。

そして廊下を拭いたり、部屋の掃除も、物を運んだりする事も、みんな狂人にさせるんだからね。

六時間交替だが、冬の夜でも大きい火鉢に股火でもしながら、椅子に掛けて、雑誌でも読んで居りゃそれで好いんだ。

又中には狂人でいて、看護人には盛んにオベッカを使う奴が居てね。

莨《たばこ》を吸いたい為に肩を揉んでくれたり、湯に入った時は背中を流してくれたり、めしも僕は狂人に焚かせていたんだが。

一時間か二時間か肩を揉ませて、それで敷島の一本もやれば好いんだからね。

狂人だからって、遊んでばかりは居れないんだよ。

封筒張りとか、畑仕事などもやらせるんだ。有名な足腹将軍も、僕は知っていると首藤は言った。

将軍も公費患者で麦めしを食っているんだ。院長から毎日卵を六個宛《ずつ》貰うんだが、それを他の患者や、看護人に売るんだ。

参観人があって、金を置いて行ったりは勿論するがね。そして旗や何かに揮毫《きごう》するんだ、

それを黙って取って帰ろうとすると、

「おい、金を置いて行け」と大きな声でオラブんだよ。

やはり変っているのは自分の洗面器で便所のハケ口が悪るいと言って、小便をスクッては、それで又顔を洗い、食物も入れる。ところなどと室の中は剥製の鶴だの軍服だの芝居の小道具のように沢山並べたててある。


狂人同志で恋もあれば、子を生ませた話もある。


之《これ》は別の話だが、或二人の青年があった。此の二人の青年は、謄写版刷の詩の雑誌を別々に出していたのであったが、偶然謄写店で知り合いになったのである。

一人は仮にAとして置こう。Aはクリスチャンで、神を認めている青年であった。

一人はダダイストで、パラチブスをやった事もあり、現に浮浪人の乞食のような住所不定の生活をしているのであった。

君のように、金屏風を背後に立てなければと、ダダイストが言った。

ダダイストを仮にBとして置こう。

我々が本然の儘《まま》に、純粋自我を生かす方法は、神なんて言葉を必要としない。

Aは神が我々を生かし給うのだと言うのであった。

我々は人を憎み、殺し合う生活を避けなければならない。

我々は斯《こ》うありたいと望む以上、是非とも斯うしなければならないと気付く筈である、Aの理論は之位《これぐらい》にして置いて、AはBの〔「BはAの」の誤りか〕間借している家へ連れられて行って、Aの布団の中で、Aと一緒にねたのであった。

Bは神に感謝する事はないと思った。Aが親切にして呉れる事も、何の神様がそうさせたのではない。

クリスチャンは先に眠りに陥入らせ給うた、ダダイストは中々眠れなかった。

段々敷布団以外、即ち畳の上へはみでて、寒さにふるえていなければならなかった。それは何故であろうか、クリスチャンが一人で布団を占領したもうて、片足をダダイストの腹の上にのせ荒らびたもうからでもあった。

神は熟睡したもう。

それなら俺は簡易食堂のめしを食った方が安くつく。

記　十二月分

金十八円　御食料

金七円　　　　御室料
金一円　　　　電気料
金九十銭　　　新聞代
金二円九十一銭　御立替金
合計金二十九円八十一銭也

先月分残　　　四円五十銭
二口〆三十四円三十一銭也
此の月は年末に付、都合御早くお願い申候。

お立替金

4	茶昼膳	40
6	炭	37
7	夕膳	80
14	夕めし	40
17	炭	37
27	センタク	57

右の通りなんだ
しからば、雨が降っている。その時は窓から小便する。オイチンポを降り動かしつつヒレヨ。雨だれに合奏してヒラないと下宿の内儀がやかましいよ。

恋なんてものは枯山草のようなものだ。

それは燃えはする。

けれども小便をヒリカケレば
直ぐ消えちまうようなものだ。

でも俺は女と二人で山へ行きたい。食うものは木の根草の葉だって好い、死ぬ積りで行ったんだが二人は毒薬を忘れて来た人でね。

俺も女も裸体だから、首をくくる事も出来ない。蛇やトカゲと戯れ遊ぶ。

月日が立つ。

此《こ》んな女が居ないんだから仕方がない。

預言者ヨナ

警察の留置場で私は叫んだ。

信ずるものは幸なり、恋するものは幸福なり。

一台の自動車が愛宕山のラジオ放奏《(ママ)》局に向って行く。それにはヨナと私が乗っている。

ヨナは神保町の明るい通りを過ぎて日比谷公園手前の濠端の並木に沿うて自動車が疾駆する頃、私に一枚の封筒を示し、其《そ》の字が読めるかと言った。

私はギックりした。其の差出人の名前は私の愛している女であった。そしてヨナが曾《か》つて愛していた女であった。

ヨナは今夜七時二十分から、「シチシチ」に就いて講演をするのであった。

ぐるぐる坂を登って自動車は放奏局に着いた。私とヨナはそこで降りた。ヨナは放奏局の扉の中へ這入って行った。私はヨナの手渡した封筒をふところにして坂を降りた。月光が樹立に降り、濺《そそ》いでいた。ヨナは私に其の封筒の中の手紙を返送する様《よう》頼んだのである。

私はヨナの「シチシチ」に関する話を聞きたかった。それで銀座へ出て或ラジオ店の拡声機に耳を傾けた。すると一匹の青い蛾が、松の枝に打《ぶ》つかって落ちたのである。其の為にラジオの放送は今夜はもう中止ですとアナウンサーが言った。

私は電車に乗った。其の男は蝶結びの縞のネクタイをしている。丁度《ちょうど》私の前に掛けているのである。水平の角の附いたステッキを持っている。

私は其の男がスパイであるか役者であるか知らない。電車が停電した。一人の人間が電車に轢かれて、赤い血が線路に流れた。

其の男は電車を降りた。私も降りた。私の愛する女は或酒場の踊子である。其の酒場は裏通りにあった。私は路次を這入って行った。地下室のような階段を上ると其処《そこ》がダンスホールになっている。女は誰かと踊っているのである。

私は其の階段の中途で、硝子戸から覗く。私は其のまま中へ這入らないでかけ降りる。するとと其の男が外から這入って来るのにすれ違う。

私は其の男を短刀で刺す。又或時は電車の乗り換え場所で、女の帰りを私は遅くまで待っている。私は嫉妬に燃えている。寒風に吹かれながら郊外の凍った道を彷徨い、西洋建の小さな家の中へ忍び込み、机の抽斗《ひきだし》や、押入れの中の手紙や、写真や其の他のものを掻き混ぜる。

私は女を抱いた。そして女の足が地を離れる程持ち上げた。女は私に接吻を許るさないのであった。女はヨナを恋しているのだ。

私はヨナには秘密にして女に逢っているのだ。女は私を利用してヨナとの愛を復活させたいのだ。私は猛烈に女の間借している家の閉まっている戸を叩いた。それでも女は戸を開けなかった。

私は女の腕に噛み附いた。私はダンスホールの階下の理髪店で髯を剃っている。二階では女が踊っている。蓄音機のジャズが聞える。靴音がやかましく天井の上の床板を曳きずる。私は頭を蹴られるような思いであった。

ヨナは郷里へ帰らねばならなくなった。「シチシチ」に就いてヨナは私に斯《こ》んな事を饒舌《しゃべ》った。シチシチと言うのは支那の古代語で病後に飲む薬の名だと云うのだ。それで一言で言うと「シチシチシジューク」なのだ。

初めに薬ありき、タニヤタオンシャレイソワカ。

生老病死苦と云うのはオブラートの事なのだ。薬も古くなると役に立たない。それで我々は温泉に浸る方が好い場合もある。

ヨナは汽車に乗って汽船に乗って郷里へ帰った。銀座の青木堂で一枚の羽布団を買って、それからヨナは頭を狂わせた。

ヨナは穂薄《ほすすき》の揺れる野原で白い修忽《しゅうこつ》を見た。此の世はそよそよと秋風が吹いているようなものではない。秋風だって物凄くゴーゴーと唸りを生じる場合もある。そうなると木枯しだと云うのか。

ヨナは神の声を聞いたのであった。

――精神は一筋の糸にも比すべし。

――神は其の糸に繋がる奴凧なり。

ヨナは裸で町を転がり歩るいた。ヨナの郷里の町では、ヨナの帰る一ヶ月ばかり前に大火があった。それから或殺人事件があった。ヨナは鶏の糞を体に塗って喚きながら町を走った。

ヨナが帰ってから女は私を尋ねて来た。女は涙をコボシて言った。「持っていないから好くんだわ」私は持っているか持っていないかわかるものかと思った。しかし後で考えて見ると私は女の持っているものを持っていないのであった。

女は私に知れないように、私の手にそっと唇を触れた。

ヨナの郷里の町は海岸にあった。ヨナは頭を四角い氷柱に打っ突けて割って、海の中に飛び込んだ。海の中で足と手を縮めて幾度も浮いたり沈んだりした。

それは巨大な氷柱であった。ヨナの脳天から迸《ほとば》しり出た血が赤く染み込んで、珊瑚樹のように見えた。

ヨナは十七日間一睡もしなかった。食欲も全然なかった。町の人々はヨナが生きているのを不思議に思った。

ヨナは神の声を聞いたのであった。それを聞かない人々に伝えなければならないとは思った。何《ど》うしたら伝える事が出来るか、ヨナは牛の皮の張ってある大きい太鼓を叩いた。それから其の太鼓に抱き附いた。太鼓の皮が破れる程叩いた。それから其の皮に接吻した。

ヨナの頭は張り裂けた。頭蓋骨の割れ目から風が入った。ヨナは其疼《そのいた》さに堪え兼ねて岸に走り出て、其処に生えている萵苣《ちしゃ》の葉を根元から引きちぎり、傷口に揉み込んだ。

ヨナは又山へ登った。すると電気工夫が十人ほどもヨナの後を追けて来た。電線やコイルや皮手袋や、其の他の電気器具を荷なったり、腰に結わえたりしていた。

ヨナは自分の家でねていた。突然電燈が暗くなった。電気工夫の仕業に違いない。スウィッチを切ったのだ。いくら捻じても附かないのだ。

ヨナは頭髪も眉毛も其の他有りと凡《あら》ゆる全身の毛を剃り落した。そして顔に青インキを塗った。一匹の太く逞しい睾丸を持った牛が或家の軒下に佇立《ちょりつ》していた。ヨナは其の牛と戦って、何うしたら勝つかを考えた。牛の角を両手で掴んで、横に仆《たお》すほどの力が湧かないものでもない。牛は目を光らして尾バチを振り動かしていた。

ヨナは雨を降らす事は可能であると思っていた。お寺の台所の屋根から煙が上っている。それが水蒸気になり雨がバラバラと降る。それから陽が鳩の羽のように射す。

何夫皿《なにそれ》を去らざる。裏山に盍聞《こうもん》の滝と云うのがあると和尚が言った。其の滝の水を手で掬って飲む事である。滝を手で切って、水の落ちるのをとめる事である。

ヨナは目から血の雨を降らした。眼玉が腐って畳の上へ抜け落ちた。ヨナは松の木に登っている男を刑事だと思った。それは実際は植木屋が鋏みで松の枝を剪《つ》んでいたのだ。ヨナは町の人々が自分を狂人だと思って捕縛しようとしていると感じた。角力者《すもうとり》のような偉大な体格の男が斧を振り上げて往来で木を割っていた。又燃え残りの炭を筵《むしろ》の上に置いて水を注けているところもあった。

雨が降っている。それは町の人々がヨナの運命を気づかって涙をコボシているのだ。ヨナは大きい団扇を持って、両側の家を扇ぎながら歩るいた。川沿いの土手の小径を走って、桑の葉に笑いかけたり、桑畑の肥やしの上にねて、轟《とど》ろく心臓を休息さしたりした。

町の一部の人はヨナを生神様の如く信じていた。其の噂が広まって、辺鄙《へんぴ》な近在の百姓や漁師達も、続々生神様のヨナを拝みに出掛けて来た。弁当を持ったり、娘達は着飾って。何十年来ない暑い年であった。夜になると蒸し熱い風が吹いた。ヨナは浴衣がけで頭に白い布を巻いていた。柘榴の花片が地に散っていた。

ヨナは民衆に神の意志を伝えるのが厭であった。そんな事をするよりも、どこか人の居ない山の中で、草や木と一緒に霧に濡れたり、どこかの淋しい海辺で貝殻のように雲と共に眠ったりする方がましだと思っていた。

ヨナは死ぬほどの目に逢った。眩暈がして時間が紫色に見えた。臍が割れて、心臓も空間も口から出そうになった。此れほどの苦しみをしたものはヨナ以外にはないであろう。

何の為であろうか。ヨナは幼い時或女を恋した事があった。其の女は今では数人の子供の母となっている。十年目でヨナは其の女の姿を町でチラと見た。

ヨナはメガネを川の中へ棄てた。後から一人の男が駆けて来た。ヨナは其の男に言った。「僕はあんな堀《(ママ)》立小舎の中へ幽閉されたり檻禁されるのが厭なんだ。それで僕は態《わざ》と狂人の真似をしているのだから、僕をあんなところへ入れないでくれ」

それは大工が四五人で川べりの櫨《はぜ》の木の生えているところへ小さな家を拵えているのであった。屋根へ板を打ちつけたりしている。其の金槌の音や鋸の音がヨナの耳に聞えたのだ。しかしそれは川に新らしいコンクリートの橋が架かるので其の用意のものであって、決してヨナを閉じ込める為のものではなかった。

ヨナは自動車を見ても、自転車を見てもそれが皆自分を追跡して来たもののように思った。事実又荷馬車をヨナの通れないように横にしていたり、荷車を何台も道の真ん中に並べていたりしている事もあった。

ヨナはどんな乱暴な事をしただろう。或家で湯殿掃除をしたり、物干し台に上ったり、仏様を拝んだりはした。又或家の二階からそこの床の間に掛けてある掛け軸や花瓶を海に放った。

一本の蝙蝠傘を持ってヨナは裸で汽船待合所へ行った。見送人や乗船客が大勢居た。ヨナは頭が燃えて体中が燃えて、も一度氷柱に頭を打っ突けて割るか、北極を漂泊している氷山にでも載って熱を冷ますかしなければとてもたまらない程逆上《のぼ》せていた。

ヨナは小船に打ち乗った。鉄の棒が帆柱のように突き立ててある。其の鉄の棒に背骨を当ててヨナは大声で叫んだ。

「早く此の船を沖へ流してくれ」

誰もあっつけにとられて眺めているばかりであった。ヨナは海に飛び込んで死のうかとも思った。どこかの島へ泳ぎつく事も出来るかも知れん。

怪しい火が夜になると向うの島の方に見える。其の光は二人の女が、毎夜髪の毛を一筋づつ燃すのだ。


ヨナは或朝両手を叩き破るほど叩いて、それからさかたんぼに四五回もんどりを打って地べたに転がって、全身土や砂だらけになり町を馳走《ちそう》した。そして或四辻《よつつじ》でうつ伏せに仆れて、土や砂を食った。歯の根がガタガタ顫えて合わなかった。

其の時太陽が山の上に照っていた。朝の十時頃の太陽であった。井戸側にしがみついて井戸の中へ落ち入る事をヨナは避けた。花崗岩の垣に頭を打っ突けて割りそうであった。

ヨナは起き上って其柔らかな温い朝の太陽の光線を吸った。

何と云う有難い事であろうか。自分達人間は大地の上に太陽の光りを吸って生きているのだと云う事を沁々感じた。

　二人の巡査が傍に寄らないで、穢いのでヨナの体を帆布か筵《むしろ》で包んででないと引き起す事も出来ないと言っていた。

　私は女と別れて郷里の町へ帰って来た。ヨナの身の上が心配なから《(ママ)》でもあった。別れる時女は阿呆のようにうつろな眼をして、其の癖発作的に狂的に握り合っていた私の手を、強く強くヒッパッた。私は地獄の釜で火傷でもしたように感じた。女はもう私があきらめて女を棄てて去るように思ったのだ。もう再び逢う事もあるまい。女の心根を思いやるとたまらなく私もさびしい。

　ヨナは私が帰る十日ばかり前から警察の留置場の中へ放り込まれていた。そして夜昼となく一睡もしないで怒号していた。私が面会に行っても唾を吐き掛けたり、糞を打っつけたりするからと言って巡査達は初めとめた。どこか山の上へでも早く小舎を建て、そこへ移さなければならないが適当な候補地も見付からないし、世話を焼く人間もないと警察では云うのだ。

　ヨナは頭に雑巾を載せていた。殺人犯や強盗を留置する岩畳《がんじょう》な格子の檻の中の薄暗い板の間にアグラをかいて、ヨナは私に斯んな事を言った。

「僕は預言者か生神様かも知れん。只《ただ》の狂人ではないのだ。そうでないなら理由もなく此んな所に永く入れられている事は無意味だ。僕は二三日前に扉の錠前を壊して飛び出したのだ。すると巡査が大勢で直ぐ掴まって、一人の奴が頭から袋をかぶせて元の御座へ此くの如く又放り込まれた。

俺は鬼淵熊次郎や朴烈《パク・ヨル》の様な人間ではない。それなのに刑事が写真機の三脚をつつじの植え込みの中に立て、俺を写すような真似をする。二人の女に花魁のような着物を着せて便所の廊下を歩るかせたり、向うの方で三味線の音を聞かせたり隣りの留置場では刑事が居て酔っ払いの真似をしたりする。

兎に角、要するに僕を一刻も早く此処から出すように骨を折ってくれたまえ。」

ヨナは少なからず興奮はしている。おまけに言う事も筋道が立っていないところもある。ヨナの目はギロギロ光っている。瞳孔が拡大して視点が定まっていない。痩せて蒼白な顔をして随分草臥《くたび》れてもいるのだ。

新聞紙に包んだ握りめしと、肥料にするような魚やら煮豆やらを三度三度格子の穴から放り込んで貰ってヨナは一粒も余さず食べてはいる。私は二房の葡萄をヨナに持って行ってやった。するとヨナは種ごと食べて、其の皮の汁を体に塗った。

ヨナは噴激《(ママ)》しているのだ。無理解な自己擁護の念のみ強い俗人共の為に豚のような生活を余儀なくせしめられると云う事は馬鹿馬鹿しく腹立たしい。ヨナは大便を湯を飲む椀の中にヒッて、之を署長にツマラないものだがと言って渡してくれと私に言った。ヨナは巡査の顔に大便を打っ突けた。それは其の巡査がヨナの頭からバケツで水を浴せたからであった。

私はヨナを何うにかして留置場の中から出さなければならないと奔走した。私はヨナが先ず色情狂であると云う事にした。何故ならヨナは二人の女の事を始終口にしたから、だからヨナは何も危険な人物ではない。其の一人の女と云うのもヨナの頭の中丈《だけ》で勝手に描いているので、其の妄想の概略を述べると此んな工合である。

ヨナを恋している二人の女があって、それは一つの家に住んでいる姉妹である。私とヨナは汽船に乗って、海を渡って女に逢いに行く。ヨナは酔うて船に乗る前食ったバナナを吐いた。

港に上陸すると空が曇っていて、雷様が鳴っている。生神様が来たと云うので人々は騒いでいる。浅瀬の中に網を張ったりして、それはヨナが海に飛び込んで死ぬるのを防ぐ為、又狂人であるかも知れないので、何んな乱暴をし出来されても困るので、人々は棍棒や中学生は竹刀《しない》やバットを持っている。

ヨナは一本の扇子を節の後にさし、停車場の広場の松の木の下に座って何か人間に解らないような事を言う。

それから汽車に乗って二人の女の居る町に着く。停車場から女の家まで十四五丁ある。ヨナは肝腎な事を忘れているのだ。それは浅瀬で蛤を拾う事などである。ヨナは狸の頭のソップを吸いたいと思いながらねぼけて自分の二つの眼の中へとうがらしを擦り込んだ。

私はヨナが茶色の布を頭に鉢巻のようにしばり、両端を長く垂らして、丸で栗毛の馬のたてがみのようにして、風になびかせながら歩るいて行く後から追いて行った。

ヨナは女の家へ上って早速鏡台の前に座り裸になって白粉を体中に塗り、又ゴマの油を足に塗ったりした。妹の方が金盥に水を汲んで手拭を濡らしてそれを拭いた。ヨナは妹と接吻した。私達は四人で夕飯を食った。私は姉の方ととうもろこし畑の方へ散歩に行った。

「ヨナは何うして狂人の真似をするのでしょう」と姉が言った。

ヨナは妹に言った。「僕は雨を降らす事も出来る人間になった。精神の力で出来ない事は何一つないのだ」

其の夜一つの紙帳《(ママ)かや》の中に私達は這入《はい》ってねた。ヨナは起きて妹のノドを締めた。ヨナはねつかれないのだ。妹は紙帳の外に逃げ出した。私と姉も起き上って了《しま》いには布団も上げ、紙帳の吊り手も外して了った。

ヨナは座敷の畳の上に火を燃し出したのだ。恐ろしくて誰も近寄れなかった。ヨナは障子を締め切っている。ヨナは全身の自分の毛を剃った、長く伸ばしていた頭髪を剃った其の毛を紙に包んで持って来ていた。それをも燃すのだ。畳が焦げ、煙は室内に濛々《もうもう》と立てこめている。

しばらくして夜明けになった。ヨナは其の室から出てどこかへ出掛けようとする。私と妹とはとめた。私は殺すなら殺してからにしてくれとヨナに言った。それがヨナの癪にさわったのかヨナは私の頭を蹴った。其の時妹は、「姉さんは病人ですから……」と言った。それもヨナの癪にさわったらしい。

ヨナは悲痛な、さながら此の世のものでない者の如き様子をして海の方へ向って歩るいて行った。

それから何年か経った。私はヨナが警察へ留置されたような事を言った。しかしそれは私の妄想であった。実は私が警察に留置されたのであった。私は女の着物を着て、女の帯を締めて夜中に町を彷徨った。橋を渡らずに川の流れの中に這入って行った。水に濡れた石に腰を掛け、星を仰ぎながらお経を唱えた。夜明け方私はお寺へ行って吊鐘堂に上り、其の鐘の下に立って帽子のように吊鐘を頭にかぶり、手で鐘を叩いた。耳が割れるように響いた。それが半鐘のように町の人々には聞えたらしい。

それで火事だと云うので大勢が押し寄せて来た。私は逐（ママ）々《おいおい》二人の巡査に掴まって警察へ拘引された。

私は留置場の中に放り込まれた。ノーサン・ヨダキイ、私は少しの隙き間から射し込む太陽の光線を両手で掬い取るようにした。私は太陽主義の宣伝者であるかの如く振舞った。刑事がピストルで私を打つ真似をした。私が鉄格子を前にして座っていると、一人の巡査はイキナリ竹刀で私の右の目を突いて、それが為私は三日ばかり右の目が見えなかった。

私は汽車に乗せられて、数百哩離れた田舎の町の精神病院へ入れられる事になった。私は早発性誇大妄想狂であった。或湾内に数十艘《そう》の軍艦が碇泊している。私の意のままに石炭の煙りを吐き、いつでも出動する事の出来る軍艦である。私は汽車の中でも態《わざ》と人民共が私に敬意を表さない理由を知っていた。それは極めて私のデリケートな感情を理解しての事である。私は特別に彼等から天才扱いや帝王扱いをされる事を好まないのだ。私は二本のマキタバコを鼻の穴に一本ずつさして吸ったり、牛乳を頭に塗ったりした。両方の肱当のところにまたがって軽業の真似をしてみたり、私が窓硝子を下ろして首を出すとそこから私が飛び降りでもすると不可《いけ》ないと思って車掌が傍へ寄って来る。

私は結局其の精神病院には一日しか居なかった。私は田の畦にころがって赤い蟹に足をはさまれた。それから籾がらを体中にふりかぶった。そして四角い大きな氷の固まりを投げ飛ばして石に打つけて割った。私は巡査に両腕を縛られて一室に放り込まれた。私は冷いヨードの匂いのする五右衛門風呂に這入った。そしてガタガタ顫え出して便所に駆け込んだ。そして便所の草履を頭の上にのせた。

私は又汽車にのせられて、或港から郷里へ送り返される事になった。船が出帆するのは夜の十一時なので間があるので、それまで警察の小使い部屋に留置された。私は片方の足にも片方の手にも最新式の手錠をはめられて、それがバネ仕掛になっているので手を動かすと固く締まるのだ。血管が緊縮されて、血が通わないので手が腫れ上った。

一人の巡査が弁当を箸で撮《つま》んで私の口へ入れてくれた。船に乗ってから私は一番上の甲板に上って怒号した。俺を狂人扱いや犯人扱いにするのはもう止してくれ。

私は排風機の横や、ベンチの脇をかけ廻って二人の巡査を相手に格闘した。煙突からは煙が黒く吐き出されていた。三日月が帆柱の上に照っていた。桟橋では大勢の人が並んで見ている。事務長や船員達もやって来て、暴行をされるなら、船に乗せるわけには行かないと言う。私は体が非常に疲労しているし、船の中で心臓麻痺を起して死んでも知らないよと一人の巡査が言った。

階下の甲板には野菜や柑きつ類の籠がうづ高く積まれてあった。私は逐々物干板《ものほしいた》のような長さの、部厚い戸板みたいなものの上にねかしつけられて、両手は後に丈夫な細引で縛られ、其の戸板にガンジガラメにしばられた。私は星を数えながら観念していた。それから洗面場へ放り込まれた。船は動き出した。

私は預言者ヨナの話を書かなければならない。私の事なぞは何うでも好いのだ。しかし私の言葉を信用して貰いたい。私が出鱈目だと言ったら、私の書くものや生活が出鱈目だと早合点したり、私が日本のダダの元祖だと言ったら、そうではないなどと言っては困る。さてヨナは船に乗っていた。船には愚劣なフィリスチンが沢山乗っていた。ヨナは神の声を聞いた人間である。ヨナは神の声を聞きたくはなかった。しかしそんな事もヨナは今は忘れていた。

海は陸地の三倍も広さがあった。突然暴風が起きて来た。空は怪し気に曇り、大粒の雨さえ降り混じって、船は右傾したり左傾したり甚《ひど》く動揺しだした。

ねていた人々も、話をしていた人々も一様に恐怖に襲われて薄暗い船室で、気づかわしげに眼を光らした。

ヨナも立ち上った。帆柱は折れ、帆は裂けて散った。船は大海の真ん中で難船したのだ。人々は喚きののしり、いのり、のろい、騒ぐばかりであった。

ヨナは不意に両腕を伸ばして叫んだ。

「俺を海の中へ投げ込んでくれ、俺は神の怒りに触れた人間だ。俺は神の命令《いいつけ》を守らなかった。俺は神の意志を伝えるのが厭であった。俺は此世が神の支配の下にあるものと信じなかった。俺は何の為に船に乗ったのだ。俺は神からも人間からも離れて、遠い植民地へでも行って、ジャガイモと太陽丈《だけ》でもって暮そうと考えたのだ。

此の波の荒れるのは、強い風が単に海の上を吹くからではない。神は俺を憎んでいるのだ。人々よ。俺の手足をもいで海の中へ投げ込んでくれ。」

フィリスチン共は耳を傾けて聞きとった。そして実際にヨナは罪を冒しているのだと思った。神は其の罪を責めてヨナ以外の自分等にまで、こらしめの為に其の怒りの表現として此んな暴風を起したのだと思った。しかし自分達は許るされなければならない。自分達は救われなければならない、とフィリスチン共は考えた。と云うよりもフィリスチン共は無自覚である。只《ただ》脅やかされて不安になり、生命の危惧を感じたまでだ。そしてヨナの言を単純に信じて、ヨナの言う通りヨナをしばって海の中へ放り込もうと衆議が一決した。そして其の通りやった。そうする事は神の怒りを静め、自分達の航海の安全を期する所以《ゆえん》だとフィリスチン共は思ったのだ。何と云う残虐であろう。

古来から預言者故郷に容《い》れられずと云う言葉はある。其のかわりに海へ入れられると云うのも可笑しな話しではある。

ヨナは海の中へ放り込まれて何うしたか。まさか鰈《かれい》や平目《ひらめ》のように、昆布や其の他の海草の間を悠々と泳いでいたわけではあるまい。それなのにヨナは、大いなる動物、温い血の魚、所謂《いわゆる》鯨に呑まれて、鯨の腹の中で数日を過した。

ヨナを呑んだ鯨は偉大なる速力で、大海を縦断し、南極の涯に来た。鯨は海面に浮んで空に向って潮を非常な勢《いきおい》で吐いた。ヨナは鯨の口から飛んで出て或一つの島に上陸した。其の島には草木がやはり繁茂していた。鳥や虫が繁殖していた。川が流れていた。なだらかな丘があった。海岸には波が白く打ち寄せていた。

ヨナは丘に登って一本の松を根からヒキヌキ、それを杖のようにして、はだしでうろついていた。芭蕉のスベコイ幹に抱きついたりした。

ヨナは此くして死から蘇ったのである。

私は其の後何んな生活をしていたであろう。私は女よりも酒を愛するようになった。酒よりもタバコを、そして私はタバコよりも火事を、火事よりも革命を好むようになった。此んな事を言っても誰も本当にしないかも知れない。ふざけるない。

私はハルピンで寝台丈が一日二十五円の旅館に泊って、生活費が一ヶ月四五千円要る生活をしていた。そう云う生活をしないと、私の其の時の仕事が順調に運ばないのだ。

私は浦塩《ウラジオ》であのボルセビキの革命を見た。ニコライエフスク辺りで日本人を盛んに虐殺したパルチザンの残党だとか言われていたあれも過激派なのだ。女なぞは裸になって陰部を露出し、それを提供するから命丈は助けてくれと哀願しても、みんな腹を剣でエグラレたんだ。

彼等の怨恨が如何に強烈で、其の争闘が深酷な憎悪に根ざしたものである事がわかる。浦塩には雪が降っている。真っ白に積っている。白軍は広いシベリヤの原野を一揆し尽されて、浦塩を最後の根拠地としているのだ。

過激派がそれを占領するのである。それは鮮やかなものであった。科学的に秩序だって行われた。

丁度真夜中頃、急に全市の電燈が消えて、まっくらになった。それから馬蹄の響が聞えた。機関銃の音が聞えた、方々で火事が起った。

そして朝になった。赤衛軍の将士は大概馬に乗っている。其中には勇敢な革命の第一線に立つ男装の婦人も混じっている。

飛行機が空からパンを振り撒く、労働者はそれを拾って噛じっている。生き残った白軍は軍艦に逃げ延びて、そして出帆の合図の警笛を味方のものに知らす為《ため》鳴らしている。

街路には至る所に貴婦人の屍骸や、ブルジョアの頭を短銃で射抜かれた屍体などが横っている。


ヨナは人類の亡滅を預想して、人々に其の事を説こうと思った。ヨナは雪が血で染められ、血が凍結するのを見た。

ヨナは或都会の町外れの山の上に登っている。ヨナは其の都会が壊滅するのをヒョータンの蔭から凝乎《じっと》眺めようと云うのである。ヨナは人々に、都会が壊滅するのはもう間も無いと言った。人々は信じなかった。

ヨナは洞窟に入って、其の入り口に瓢箪の苗を植えた。其のヒョータンが一夜の中に見る見る太って、葉が茂り、ヨナの体を太陽の光から蔽うに充分であった。

ヨナはそうしてヒョータンの蔭から首を出して、都会が焼土と化し滄海《そうかい》と変じ、人々が死に堪《(ママ)》ゆるのを待っていた。

幾日も幾日も待った。終に待ちきれなくなった。ヨナは腹が立った。神は自分に嘘を吐いたのだと思った。

するど神の声がした。

「まことに都会は一夜で建設されたものではない。」

キリストは、ヨナの奇蹟以外に奇蹟はないと言ったそうだ。私は目が覚めると病院の手術台の上にねていた。昨夜甚く酔って、往来で喧嘩をして、頭を石で擲られたのだそうだ。看護婦が傍に居て、気がつかれましたかと言った。何にも覚えていない。見ると着物もジュバンも血だらけになっている。頭には繃帯が巻いてある。私は何にも知らない。私の意識も精神もみんな眠っていたのだ。私は死んでいたのだ。

解説

2 狂気をどう語るのか

作家として世に立つ前の一時期、新吉は埼玉県栗橋に住んでいたことがある。同郷の作家坂本石創の紹介で「六畳一間のあばら家」を借り、そこで「法華経の国訳」などを読んでいたという（『ダガバジジンギヂ物語』思潮社、一九六五）。同じ頃、栗橋に越してきた性科学者小倉清三郎のもとで新吉はアルバイトをする。毎日小倉の家へ通っては、この「性欲研究の大家」が話すことを口述筆記し、さらに雑誌『相対』を「堀井謄写機」で刷り、会員の宛名を封筒に書くというような作業を手伝っていた。この謄写機を借りて、新吉は『まくわうり詩集』と短篇小説「生蝕記」のガリ版刷りを拵えた。こうして製本した詩集と短篇小説を手に新吉は辻潤のもとを訪ねたのだ。ちなみにこの「生蝕記」は、露骨な性描写が部分的に省かれているとはいえ、「ダダイストの睡眠」というタイトルで『ダダイスト新吉の詩』にも収録されている。この「ダダイストの睡眠」を大幅に書き改めたものが「生蝕記　或る浮浪人の日記」である。本書には、「ダダイストの睡眠」も「生蝕記　或る浮浪人の日記」もともに収録されている。

『相対』の話に戻ろう。この雑誌は、会員から寄せられた性の体験談をもとに編纂されたもので、新吉自身も「舐瓜《まくわうり》」のペンネームで「生蝕記の一部」という文章を寄稿している（第一組合相対会編『相対会研究報告――故小倉清三郎研究報告顕影会復刻 上』銀座書館、一九八六）。生のアブノーマルな側面に強い関心を持っていた新吉は、どうやら性科学だけでなく精神医学の動向にも通じていたようだ。自身かつて診察を受けたこともある精神科医杉田直樹の著書『誰か狂へる』（文化生活研究会、一九二四）を読み、感銘を受けた新吉は、著者のもとを訪ね、自らの発狂体験を綴った小説の原稿についてアドバイスを求めたりしている。

先に触れておいたとおり、一九二二年十二月、新吉は、ダダの喧伝に奔走している最中、タクシーの運転手の頭を殴りつけようとした廉で逮捕され、故郷愛媛に送還されてしまう。新吉はこの一連の騒動を小説に仕立てあげる。それが長篇小説『ダダ』だ。杉田の紹介で新吉は『変態心理』の編集者のもとを訪ね、小説の出版の件で相談を持ちかけた。中村古峡主幹の雑誌『変態心理』一九二四年九月号巻末の「編輯室」

にこのときのエピソードが実名入りで紹介されている。

時日は忘れたが、一二ヶ月前のこと、杉田博士の紹介を持った高橋新吉という人の来訪を受けた。そうして、君が発狂中の体験を書いた原稿の閲読を求められた。拝見すると狂人の心理としての大変面白い描写があり、或は之を生きた人間的証券として本社で発表して差支《さしつかえ》ないと考えた。

『変態心理』は「日本精神医学会」が発行する月刊誌であり、「編輯室」における記述を読むかぎり、新吉の『ダダ』は当初、この「日本精神医学会」から出版されることになっていたようだ。ただ「原稿を他人の家に置くのが不安でたまらない」といってすぐに新吉が原稿を受け取りにきたため、「充分に玩味している間がなかった」ということ。ちなみに本書所収の「乞食夫婦」は『変態心理』一九二六年一月号に掲載されたものである。

結局『ダダ』は一九二四年七月、内外書房という別の出版社から出ることになるのだが、『変態心理』同年九月号には「新刊紹介」という形ですでにその書評が掲載されている。新吉の小説を論じる上で、この「新刊紹介」の欄は重要である。というのもここで新吉の『ダダ』が中村古峡の長篇小説『殻』と並んで紹介されているからだ

（『殻』の出版は一九一三年。書評は第三版を取り上げたもの）。『変態心理』の主幹である中村自身の書いた『殻』の書評のほうが先に取り上げられていることはいうまでもない。書評そのものも『殻』のほうが少しボリュームがある。いずれにしても、この二つの「狂人小説」を新吉も突き合わせて考えてみる機会があったにちがいない。ただ、中村の『殻』と肩を並べるには、『ダダ』はあまりにも粗雑な出来ばえだった。そこのところを新吉も強く意識していたのだろう。十二年後に出版された長篇小説『狂人』（学而書院、一九三六）において新吉は自らの狂気を綿密に語りなおすのだ。ただし、そのプロットの構成があまりにも中村の『殻』と似通っているため、結果的に自らの狂気を特異な形で打ち出すところまでには至っていない。

夏目漱石の斡旋によって『東京朝日新聞』に連載された『殻』（一九一二年七月二十六日〜十二月五日）は、神経衰弱に陥った男（為雄）が暴れて母や妹を追いまわす、いわば「狂人」小説のひとつである。母お孝の必死の看病にもかかわらず、為雄はお孝を殺すといって追いまわす。肉親の愛は悉く踏みにじられ、やるせない思いに母は苦しむ。お孝は自分の無力を嘆き、やがて出家して尼になる。一方、新吉の『狂人』では、息子の狂態を悲観した父は自ら命を絶ってしまう。もちろん、狂人にまつわる物語がこの二つの小説に限られているというわけではないが、両

長篇小説『狂人』
（学而書院、1936年4月）
書影

者を比較するかぎり、新吉が中村の語りを意識して『狂人』を書いたということはほぼ間違いないだろう。

『ダダ』の話に戻ろう。『変態心理』一九二四年九月号「新刊紹介」における『ダダ』の書評を以下に全文引用しておきたい。『ダダ』出版直後の書評であり、精神医学からのバイアスがかかってはいるものの、小説の要点はうまくつかんでいると思う。

> 著者はまだ若い人であるが、曾《かつ》て発狂したことがあり、その体験を記録したものが之である。文壇の名士が本名のままで出て来る。それらを訪問したり、女を恋したり、街路で暴れたり、汽車から飛び降りたり、警察へ留置されたり、発作的な脈絡のない行動が続々と展開して来る。文章はかなりうまく、時々秀抜な警句を吐いたりして、多少衒い飾っている所がありはしないかと思われるが、然し精神病者の行動の記録としては興味深いよい資料である。

たしかに、この小説において、語り手である「僕」は「発作的な脈絡のない行動」を繰り返す。評者はそれを文字どおり受け取り、『ダダ』を「精神病者の行動の記録としては興味深いよい資料」だと評価する。そうはいっても、この作品はあくまで小説であって、精神医学のための「資料」などではない。小説における「語り」は概して「騙り」でもある。しかも新吉の場合、当時の性科学や精神医学の研究成果を取り込む形でものを書いていたのであって、それをそのまま「精神病者の行動の記録」と見なすわけにはいかないのだ。そもそも新吉は狂ってなどいない。ざわめく他者の声に応じながら、自らの生をひたすら物語りつづけるのだ。物語ることでしか、自らの居場所をたしかめることができないかのように。

本書に収録されている短篇小説からも明らかなように、新吉は同じことをさまざまな角度から何度も語りなおす。この連続的な語りのプロセスに着目しないかぎり、新吉の新吉たる所以は見えてこないように思う。

関東大震災直後の殺伐とした空気、流言蜚語の飛び交う狂気じみた言語的状況のなか、新吉の「発狂」ぶりは、たとえそれが「騙り」だったとしても、他の前衛詩人たちにとっては、表現の可能性を垣間見せてくれるものだった。『赤と黒』(一九二三年一月創刊)などは、当初アナキズムの雑誌だったが、『ダダイスト新吉の詩』に触発されて「急速にダダづいてきた」という(橋爪健『多喜二虐殺』新潮社、一九六二)。実際、『赤と黒』第四輯(一九二三年五月)にはダダへの共鳴が散見されるのだ(「行動として実際運動となるか、ダダ新吉のように気狂になるか、若しくは未来派に趨くか、表現派に趨くか、ダダに趨くか、さもなくば一層原始に還るかでなければならない」、林政雄「同人雑記」)。震災の翌年四月には、吉行エイスケ・清澤清志による『売恥醜文』が創刊され、そこには辻潤や新吉を揶揄しながらも、ダダの言説を増幅させようとする論調が多く見られる（「さあ辻潤先生　ダダは破滅するのだ　一緒に破滅するんだ　新吉君　僕は君が好きだがもう野心を出すな　到底駄目だ　君が天才なら見限りをつけろ」、第五輯「後記」）。また、アナキストたちの交流の場として知られた南天堂にたむろしていた詩人たちを中心に発行された『ダムダム』（一九二四年十一月創刊）では、萩原恭次郎、小野十三郎、岡本潤、壺井繁治といった『赤と黒』の同人たちがふたたびダダイズムの論陣を張った。

徒党を組むことをあまり好まなかった新吉だが、この頃は『ダダ』の出版直後とあって、むしろ同志たちのほうが新吉を放っておかなかったようだ。南天堂二階の喫茶室で他の詩人たちとたむろしていた新吉も、やがて『ダムダム』の同人として迎え入れられる。「殺人光線」という無署名のエッセイには、「わがダムダムは文壇公法を無視する不逞の集団である」というような宣言が見られ、詩人の橋爪健による「散文への挑戦」にも「詩人よ。若き世紀者よ。君らはいつまで散文の横暴に屈従するつもりだ。君らの胸には夙《はや》くから叛逆的な血が動いてはいなかったか。一人の力は弱い。団結する事だ。全詩人の戦線を張ることだ」というような形で詩人の連帯を呼びかける文言が見られる。ちなみに『ダムダム』創刊号には、新吉も「ネクロピレーの囈言」「パリーダより」「激震」と題する詩を三つ、さらに「ダダイストの睡眠」を寄稿している。本書所収の「宇和島の闘牛」も、発表誌は未詳だが、この頃のものだ。

もちろん新吉が引っ張り込まれたのは『ダムダム』だけではなかった。吉行エイスケや清澤清志らの雑誌『売恥醜文』に掲載された立体派喜劇「カフェーダダ」の予告（一九二四年八月）を見ると、新吉にもちゃんと役が割り当てられているのだ。ちなみに新吉の役を見ておくと『カフェーダダ』では「皿洗い」、『アウゲストラ』では「お経よみ」、『道芝化居』（「道化芝居」の誤植か）では、「狂躁音楽家」、『殺人人形』では「サル」などである。

このように連帯を求める前衛詩人たちのなかにあってなお、新吉はどちらかというと孤立していたようなところがある。きわめて個人的な問題――狂気をどう語るのか――を突きつめて考えるべく、新吉はひとり悶え苦しんでいたように思われるのだ。一九二五年四月二十二日治安維持法が公布され、共産主義的な思想を持つ者に対して大弾圧が加えられようとしていた時代である。新吉の詩「亡ぶる家の豚」はこの頃のものだ。本書所収の作品には刑事による尾行の場面が頻繁に描かれているが、実際、新吉自身も当局による監視の対象になっていたようだ。

さらにこの時代、新吉に少なからず影響を与えたと思われる事件が起きる。一九二七年七月二十四日、芥川龍之介が睡眠薬を多量に服用して自殺したのだ。芥川の死を新聞で知った新吉は「芥川は、私の小説を読んで、文学的敗北を味わったのではあるまいかと、思ったことがある」と嘯《うそぶ》きながら、実際のところは、同時代的な狂気の表現との差異をどう打ちだせばよいのかと日々考えあぐねていたのではないか(『ダガバジジンギヂ物語』)。芥川は「歯車」の最後のところですでに「僕はもうこの先を書きつづける力を持っていない。こう云う気もちの中に生きているのは何とも言われない苦痛である。誰か僕の眠っているうちにそっと絞め殺してくれるものはないか?」と書き、「或阿呆の一生」では「彼の前にあるものは唯発狂か自殺かだけだった。彼は日の暮の往来をたった一人歩きながら、徐ろに彼を滅しに来る運命を待つことに決心した」と書き残していた。「狂気」を語る言葉を模索していた新吉の前に、このような芥川の真に迫る「狂気」が立ちはだかってきたのだ。そしてついに新吉もまた「発狂」する。

　十月、岐阜県美濃加茂市伊深町の妙法山正眼寺で坐禅を習う。接心中、病を発し、郷里で数年間静養。

これは『高橋新吉全集Ⅳ』(青土社、一九八二)巻末の年譜「昭和三年(一九二八)二十七歳」の項に見られる一節である。

　このとき何があったのか? 新吉の謎のひとつだ。「伊深の鬼草堂」として知られる正眼寺に参禅していた新吉は、そこでの厳しい作務や、十二月一日からおよそ一週間続く「臘八接心」などに堪えきれず、精神を狂わせてしまった、これが従来の論である。新吉の実体験をここで引き合いにだす必要はあまりないとは思うのだが、この作家のもとを二十回以上も訪ねたという鵜崎博の言葉によれば、正眼寺における発狂について新吉は一度も語ったことがないという。さらに鵜崎は、高橋新吉という作家を読む上で「そこのところ数年のあり方についての研究が是非とも必要なのではないか」と述べながらも、「それもおそらく隠蔽されたままにあいなるのではないか」となかば諦めてもいる（『高橋新吉論』河出書房新社、一九八七）。事実、新吉のほうも、この正眼寺における発狂についてはむしろ口が重い。例えば、自伝小説『ダガバジジンギヂ物語』において、新吉はこの正眼寺での発狂について「このことは、『狂人』という小説の中に、私は書いているので、省略する」といって「三年間の監禁生活」について一切触れずに済ませている。たしかに、従来の研究では、この一九二八年の「発狂」から一九三二年に上京するまでの数年間、新吉の略歴はほぼ空白状態とされてきたのだ。

ところが、である。このときの「発狂」や「三年間の監禁」がいかなるものであったのか、そこのところを知る手がかりとしてきわめて重要な資料があった。杉田直樹や斎藤茂吉らが編集同人をつとめる雑誌『脳』（精神衛生学会発行）である。新吉はこの空白状態とされてきた数年の間にも『脳』という雑誌に継続的に小説を執筆していたのだ。本書所収の「桔梗」は一九二八年六月から十月にかけて『脳』に連載され、のちに『狂人』にも収録されたものだ。「桔梗」はいわば長篇小説『狂人』の草稿のようなものである。「桔梗」の連載だけでなく、一九二八年一月から一九三四年五月頃までこの精神衛生学会発行の雑誌に数多くの創作を寄稿しており（「水無痕」一九二八年十一月、「銀座通り」三〇年一月、「銀座通り（二）」三〇年二月、「或る狂人の手紙」三二年三月、「父を殺した男の手記」三二年四月など）、のちにそれらを纏めて『狂人』という長篇小説に仕立てなおした。新吉の「発狂」の真正性はともかく、この数年間は決して空白状態などではなかったのである。むしろ新吉は「面白い『脳』的創作」を求める編集者の要望に応えながら、「狂気」を物語りつづけていたのだ。

新吉は狂ってなどいない。ひたすら狂気を物語るのである。このことは短篇小説集『発狂』に収録されている諸作品からも明らかだ。本書所収の作品でいえば「神は熟睡したもう」「預言者ヨナ」「不気味な運動」「ヴィニイ」「悲しき習性」がそれにあたる。そこでは同じことを別の角度から何度も語りなおす新吉のスタイルが確認できるだろう。

「私は全く気が違っていたのである。しかしなぜ私があんな気になったのか、それには此処に書けない色々の原因もある。又書き表わそうにも到底文字や言葉では書き表わせないところのものもある」と新吉はいう（「桔梗」）。そう

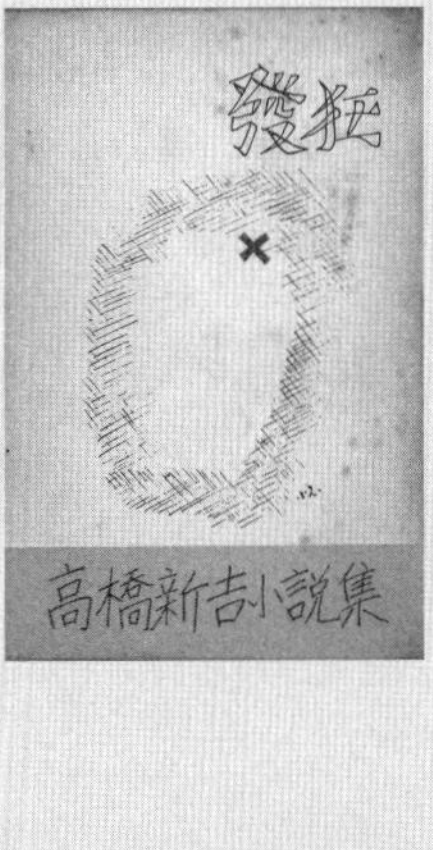

短篇集『発狂』
（学而書院、1936年6月）
書影

であるからこそ、新吉は狂気をひとまず暫定的に語り、さらにそれを反復的に語り直さねばならなかったのだ。ただ、一九三〇年代、この時代のマクロな狂気は、新吉のミクロな狂気までをも飲み込みつつあった。

亡ぶる家の豚

若しも私が亡ぶる家の豚であれば
亡びゆく主人の糞を舐め
おとなしく檻の中に
鼻を鳴らしている事をよして
さてどうしたら好いか。

私の妻は白い毛の犽を産んだ。
白い雲が空を流れる。

私は黒い毛の熊のような豚である。
あたたかいほこほこの主人糞を
私は妻や子に分配しなければならない。
私には妻や犲を扶養する義務がある。

狂暴な主人は、かつては私の父であったかも知れぬ。
しかしつい此の間の事だ。
私の母であるところの牝豚《めぶた》を
檻からひきずり出して
めくるめくメスを突き刺し
ころりと殺して了《しま》って
出の夜の食膳に上せたのは。

私はメソメソと泣いた。
母の血潮が涙となって落ちた。
草や木は枯れて了え！

私の牙は細く曲っている。
だが残忍な復讐の思いに
私は野も山も波で洗い
汽車に乗っては飢を忘れ
溢れ、沸《たぎ》り、湧く、航海を続けた。

彼は何者であろうか。
白色人種のなれのはてか。
白紙で己が尻を拭い
マッチを発明し
処女の腹を破り
魚を蘇らす

ピクピクとした。
オンオンとした。
した事か。

濛々《もうもう》と私の毛穴から蒸発するものを見ろ！
私の皮膚の上に森がある。
私の蹠《あしうら》に湖がある。
投網するものは銀鱗を剥がす。
木の枝を洩れる陽が、アイツの瞼毛をヒラメカせた。
すうっと見開いたアイツの眼
アイツは眼を開閉する事に依っても
女と肌をふれ合すときの快よさに浸り得る事を覚えた

あの男はふさわしきものを瞬くまにふさわしからぬものをまたたけるだけまたたくものとした。

それが此の俺にまで何であろう。

またなきものをまたなきものとしてもとことわにまたなきものとしなくとももまたあるものでなきものか。

あの男は慈悲と菩提樹下に座った。

退儀になってねころんだ。
其の時音がして、此の豚小舎の藁をゆるがした。

我々は仰向けにねるものではない。
我々は食物のよりごのみをするものではない。
われわれはのんきである。
われわれはあんきである。
われわれは夕《ゆうべ》に道を開いて、朝《あした》に死すとも可成肥えている。
娯《たの》しみ吾れに在らばあれ。
高天原に扇風機をかけて
島々半島を残らず缶詰にして奉らん。

私は皿に盛られて、塩漬にされた豚である事に、或はトンカツである事に、何の意義を見出したら好いだろう。
主人は銭湯から帰ってビールを飲んで
晩餐の箸を取る。

彼女はライス・カレーには自信がある。
果物ではイチゴが好きだわ
お砂糖とソースとミルクの雨が降る。
あなた方の生活は此れで好いかも知れぬ。
此んな梅雨期は鬱陶しいのだ。

徒らに悲鳴を挙げるな
尻馬に乗るな
豚の尻尾でもって、栄えゆく家の僕《しもべ》が此れを書いた。

不気味な運動

地下室のような薄暗い建物であったが、内部は馬鹿に広かった。此《こ》んな大きい建物が何時《いつ》の時代に建てられたものか、それは不思議な建物であった。

其処《そこ》に二十個ばかりの人形が、生きている人間の如く、動いている場面があった。人形と言っても奈良の大仏ほどの大きさで、それよりも、もっと大きい人形もあり、それが決して人形と思えない、柔軟性を持っているので、其の激しく動く動作から、さながら、生きている人間の如く、只《ただ》其の図体の大きいのに驚きの目を見張らなければならないのであった。

私は何故、そんな所へまぎれ込んだのであろうか。風邪を引いて熱があるのに又雨に濡れて、停車場から汽車に乗ろうとして、汽車賃もなく、おまけに、大森の川崎銀行のギャング事件の新聞を読んで、私は三万円を初め、何《ど》うした視力の錯覚か、三百万円と読んだのであるが、幾度、読みなおしても、三百万円と読んだので、三百万円あれば、一日千円宛《ずつ》使って、十年は大丈夫だと、此んな計算をして楽しんだのであるが、だが好く見ると三万円なので、之《これ》では、一日百円宛使っても一年も経たない中に無くなる事を、非常に恐れたのであった。

それで私は、夜の樹木が、雨に濡れて、黒ずんでいる所を嫌って、何でも、人通りの少い所を選んで、早く、人の姿の見えない所へ行きたくて、電車や汽車の音のしない、自動車の絶対に通らない所を探し歩るいたんだが、遂々《とうとう》変な所へ落ち込んで了《しま》ったのである。

私はコップ酒を冷で飲んだんだが、それは風邪の熱を何処《どこ》かへ追いやろうとして私の試みたものなのだが、私の願望は、空しく、終って、私は益々《ますます》悪寒に襲われ、寒さで身顫《みぶる》い乍《なが》ら、鼻汁を絶え間なく擤《か》み、肺病患者のように、咳をしつづけなければならなかった。

正に私はサブナムブリストのように、其の窟《あなぐら》に落ち込んだのであったが、全く意外な想像の及ばない場所であった。

私以外には其処には、私のような小さな普通の人間は一人も居なかった。私は茫然自失したのであったが、再び目を開いて見ると、其の恰好の面白さに、山ほどある人間の動作の激しさに、夢中に目を聳《そばだ》て、片唾を呑んで眺め入らざるを得なんだのである。

私は何を見たのであるか、此の世に歓楽と云うものがあれば、あれ以上のものはあるまい。

だが此の世のものとは思えないのである。電燈も、蠟燭も灯っていない、暗がりだのに夜明け前の東雲《しののめ》の、青い空のように薄明があって、二十人ばかりの人間の象よりも大きい姿体が、的確に解るのであった。

私が這入り込んだ事には誰も気が付いては居ないのだ。

私のような、小さな、虫ケラのような人間が、一人や一匹這入った所で、壁に吸い付いた蝙蝠が、壁から離れたほどにも、感じない事ではあろうが、幸いに私は、気づかれないで、其の人形達の舞踏の陶酔に、感極まって、咽《むせ》び入るほどの思いで、全神経を集中して見入ったのであった。

何の音楽も雑音も入らないのである。

湿々《じめじめ》した土の、滴の落ちるような、陰気な地の底なのに、何と云う陽気な、踊りだろう、而《そ》して其の激しい筋肉の敏捷さと、力の籠った酷迫さには、啞然として、拍手を送る事も出来ず、魂抜けて、目を潰らざるを得ないほどであった。

私が先に奈良の大仏のようにと言ったのには理由があった。其の二十人の人形は、決して、坊主臭い扮装をしたものは一個もなかった。三列になって、二人宛向き合って、一定の間隔を置いて、動いているのだが、それ等は徳川時代の町家の妻女や、刀を追っぽり出した武士の姿で、何かに腰を掛けている恰好であったが、裸体では無かった。子供も一人も居なくて、処女のままの娘なども居そうに無かった。

女は眉を剃落《そりおと》しているのが多かったが、豊満な、乳房のふくらみは、圧倒的に、悲しく、物凄かった。男は筋骨逞しく隆々としていた。

二人の者が向い合って、それは大概男と女であったが、激しく、何と云う気合に充ちた、快活な戦闘であったろう。

疲れる事を知らないが如くであった。

然し決して淫猥な感じはしなかった。それは性的技巧などの卑俗さを通り越して、野蛮人の宗教などに見る厳粛さがあった。ノールウェー人や独逸人の裸体運動と共通したものが偲ばれたが、裸体では無く、皆日本のキモノを着ているので、それに、立ったのでは無く座った儘《まま》で、上体丈《だけ》で、激烈に打つかり合っているのだ。

何も饒舌《しやべ》っているのではなかった。同一の動作を主に繰り返しているに過ぎないのであったが、それが、高調に達すると、激越其のもので、地獄の悪鬼羅刹《あっきらせつ》も此程までの情熱は、表現しないであろうと思えるし、欧州大戦の、死屍の乱舞も、此程の芸術的香気と、まじめさを欠いていたであろうと想像された。

私は中でも真ん中の、一番大きい一組の男女に魅せられたのであったが、それ等の男女は山ほどの大きさがあったと云っても過言ではあるまい。目は鼻や、顔の形は余りに大きいので、記憶が今では薄らいでいるが、私は馬鹿馬鹿しい事ではあるが、あれ等が糞便は何《ど》れほどの大きさであろうと、寸時《ちょつと》想像に困難を感じた程であった。

私は地震の時のような揺動を全身に感じたのである。

仏教

地に埋められた眼が腐らずに光っているように、それはあると言えばある。それは過去の日本人が、千年も以前に最澄や空海達に依って感得された仏の教の事なのだ。

それは最早《もはや》印度及び支那に於《おい》ては滅び果て僅かなる命脈を保ちつつあるかに見える宗教の事なのだが、我が国にては徳川氏三百年間の排仏的圧制にもかかわらず、尚具《なおとも》現在に至るまで、腐らずにあるのだ。

日本の過去の有りと凡《あら》ゆるものに仏の匂いが浸み込んでいるが如く、現在の議会政治の中軸を為しているものも仏教以外なものでは無い。何となれば、既成政事家の誰一人として其の把握している中心思想は仏教以外なものはなく、仏教に対して無智であるが故に仏教的匂いが無いまでの話で、底を叩けば、或は彼等が一歩深く仏教を極めた場合、決して仏教から一歩も外へ出られ得るような思考はなし得ないが故である。

仏教には何の範疇も無いと仏教徒の或者は言う。如何なる事をしても、如何に人間が生きようとも仏教に反する道が有るわけのものではない、と言うのだ。

然《しか》らば宗教と言い、仏教と言う事既に一つの範疇を拵《こしら》える事ではないか。而《そ》して寺院を建て、衣を着、頭を丸めて俗と相違する生活をやる僧侶の存在位《くらい》無意味な事は無いと言う事になる。

だが二十一歳の青年にはそう云う風には考えられなかったのであった。此の青年には仏教と云うものが、何か尊き、生命を犠牲としてまでも得なければならないほどのものであるかに思われていたのだ。

松衛と云う青年は或島の港町に生を享けた。彼の父は無能な小学教師であった。彼には一人の弟があったが、病身で、中学の入学試験にも体格の為にハネられたほどであった。その弟の名前は龍と言った。

松衛は十八歳で中学を出て、二三年都会で流浪していたが、脚気とチブスを病んで郷里へ戻って来た。

父は年老いて海浜の小学校の教師をしていた。幼なくして母を失った二人の兄弟には年若い継母が来て居た。

　彼等の家は暗い空気が漂っていた。それは松衛と継母との仲の融和しない事が一番の原因であったが、病身な弟の龍は実母の顔もあまり知らないで死に別れたので、継母に早くなつき、継母も龍を何よりのたよりにしていた。けれども体の弱い事は龍の心持を明るいものにしてはいないので、それに都会から帰って来た兄の松衛が、為す事もなく龍と同じように病気でぶらぶらしている事は一家を暗くする上に力があったからである。

　松衛は実母が毎朝仏壇の先祖の位牌にお茶を欠かさず上げて、線香を立てる姿を記憶していた。

　松衛が都会を彷徨していた時、或日、場末の片側道のような所に格子造りの簡素な家があって、その檐《のき》に、「どなたでもお持ち下さい」と書いた紙片を風鈴の下か何かに吊り下げて、そして薄い何かの小冊子をそこに置いてあった。

　松衛は其の小冊子を一つ取って道を歩きながら読んでいた。

　それは般若心経の印刻したものであった。実母が仏壇の前で、誦していた文句を松衛の聞き覚えていたので、此れだなと思った。

「不生不滅――掲諦掲諦《ぎゃていぎゃてい》」とか書いてある文句の意味は解らないながらも、何か尊い教の書かれているものの如く思って、大切にその小冊子を持っていた。

松衛が小学生の時、町から三里半ばかり離れた或山の頂上にある寺へ遠足に連れて行かれた事があった。

其処《そこ》は大きい杉の木の生え茂った、山門に大きい吊鐘のある寺であった。吊鐘の響きは快ろよい響きであった。

松衛は今度都会から帰って来て、其の寺を憶い出していたのであった。

それで二日其の山へ登った。其の寺は古義真言宗に属する寺であったが、小僧が十四五人も居る大きい寺であった。寺には大蔵経が揃ってあると云う事を松衛は誰から聞いたか想像したかして、其の当時、何んな難しい事が書かれているにしろ、読んでみたいと云う気を此の青年は持っていたのだ。

彼は寺の納所に和尚の在否を聞いて、お目にかかりたいから取り次いでくれと言った。

和尚は黄色い衣を着ていた。片方の膝を立てて煙管でタバコを飲んでいた。

父の許しを受けてくれれば寺に来ても構わないと和尚は言った。

乞食夫婦

一

お塩三平と言えばY町の人は誰でも知っている乞食夫婦の事である。

Y町と言うのは或南の国の浜辺にある淋しい町である。

何日《いつ》頃から此《こ》のお塩三平がY町に流れて来たのか、はっきり誰も知っている人はないが、もう六七年も前のようでもあり、それよりももっと前のようでもある。

お塩三平はどこから此の町へやって来たのか、どこに生れて、此の町へ来る前はどこに住んでいたのか、それも誰も知らないのであった。

年の頃は二人とも同じ位で、もう五十を過ぎている。二人ともゴマ塩の白髪が頭に生えて居た。

お塩は女である丈《だけ》に、余計にその白髪が目立って見えた。それでいつも手拭いを姉さんかぶりにしていた。

けれどもお塩の顔立は皺はよっていても、中々若い時は別嬪《べっぴん》であったであろうと思わす程好くて、色も白く、おとなしいやさしい顔付きであった。

三平の方はどちらかと言えば悪人相で、しかめ面の、小柄な、こんな男に好くもお塩のような女がと思う程色も黒く、いつも血色が悪るくて、ぷりぷり怒っているような顔付きをしていた。

二人の間には一人の子供があった。

年の頃はもう十位にもなっているのであるが、頭の髪を長くして、常に穢い女の着物などを貰って着ているので、男の子か女の子かはっきり解らなかった。大概の者なら女だと思う程、栄養不良で、色が蒼白く、やせていたのである。

勿論学校へも上らないし、毎日父親と母親と三人で、町をうろつき歩るいて居るのであった。

幾ら乞食だと言っても、田舎の淋しい町の事であるから、そんなに町の人が、親子三人のものを飢えさせない程可愛がって食べものをやる人もないので、お塩三平は一つの職業を持って金儲をしなければ生きて行かれないのであった。

二

それで彼等は辻占《つじうら》を売る事をいつの頃からか町をうろつき廻る片手間にやり出したのである。

それは赤や青の色で印刷した、粗末な悪るい紙で出来た辻占であったが、一枚五銭に売るのであった。それで一枚五厘も元がかからないので、沢山売れれば、中々儲かるのである。

いつか町の人達の中には、「此の頃はお塩三平も辻占で沢山《たくさん》儲けて郵便貯金をしているそうだ」と噂をする人も出来た。けれども辻占なんて、元々何にも腹の足しにならないものだし、まあまあ生活に困らない人が、お塩三平は子供もあるのに可愛そうだと言う風に同情して、高いのを知りつつ買ってやる人がたまにある位で、中々《なかなか》押し売をしないと商売にもなんにもなるのではなかった。

それで三人のものは手に手に四五枚位の辻占を持って、どこへでも這入《はい》って行って辻占買って下さんせと言うのであった。

乞食の子の名前はあるのかないのか、誰も知らないのであったが、お塩は「坊！坊！」と呼んでいた。

乞食の子も又お塩の事を「お母ァお母ァ」と呼んでいた。

親子三人の者は元より乞食の事であるから、寝るべき家もない。

それでいつでも建築場の板囲いの中や、お寺の縁や、八幡様の広椽《ひろえん》でねるのであった。

夏の間はまあ寒くもないので蚊が食う位で我慢も出来るが、冬になると、どうしても野外では寝られないので、或親切な人が自分の家の納屋のような牛小屋のような所を貸してやったりして、そこで、あたたかくなくても破れていても、一枚か二枚かの布団も誰かから貰って、親子三人が重なり合ってねる事が出来た。

それから又町のたった一つしかない劇場に浪花節芝居がかかったりした時は、只《ただ》で這入らせて貰って芝居を見る事も出来た。

お塩三平は別に何にも悪いこともしないので、町の人々は皆お塩三平等親子を可愛がり、飲食店の主人は売れ残りのくさりかけの狐ずしを新聞紙に包んでやったり、菓子屋のおかみさんらは菓子の屑や、あまったあんこを彼等にやったり、提灯屋の婆さんは孫の着れなくなった着物をお塩三平の子供にやったり、色んな人々が、要らない色んなものを乞食の親子にやるので、乞食の親子は何不自由なく、ひもじい目もそんなにしなくて空気を吸って生きて行く事が出来た。

三

しかしお塩と云う女は、少し馬鹿なのであった。物を言う事もあんまり出来ない。言っても舌縺れがして解らない鵞鳥の声のような声を出す女であった。

辻占を売る時は主に汽船待合所へ行って、其処《そこ》で発動船に乗る人や降りる人に向って、一人一人に「辻占買って下さんせ」と言うのであるが、お塩は好く物が言えないので三平に叱られてばかり居た。

それから、宿屋の二階に、宿屋の浴衣を着て、往来を見下ろしている人があったりすると三平は、お塩に、手を突き出させて、「辻占買って下さんせ」と言えと言うのにお塩が言えなかった。

それでやかましく、三平がどなった。

此んな時町の人々は、それを見て、うるさい、やかましいと顔をしがめた。

乞食の子供は、そんな時、悲しそうにしていた。

夜は料理屋街などをうろついて、お酒に酔ったお客さんとふざけている芸者衆が気まぐれに、一円札を紙に包んで、ヒネッて投げてくれたりする事があった。

そんな時、三平はうどん屋へみんなをつれて行って、うどんを親子三人で、お客様になって食ったりした。先ず此んな風に、乞食の親子三人のものも、其の日其の日を何の心配もなくのんきに暮らしていたのである。

此んな生活が、此のままでいつまでもつづけて行かれるものなら、それでもよかったのであるが、此処《ここ》に困った事が一つ起こりかけてきた。

それは夏の頃、萩森《はぎもり》山のお宮に素人角力《しろうとずもう》があった時、Y町の人や、近所近在の村の人など、大勢見物に出掛けたのだが、お塩三平親子のものも、出掛けたのである。

そして小学生の各校の選手の勝負などもあって、優勝旗の授与などもあり、紀念の為に写真を撮影する時、お塩三平親子のものも、その写真のレンズの中に這入ったのであったが、其の日角力見物から帰ってから、三平はどうも体の工合が悪るくなって、熱がある様で、何にも食べたくない様な気分で怠儀で不可《いけ》ない様子であったが、其の次の日も次の日も、否、それからずっと三平は元気が出なくて、癒らないで咳が出たりして、道を歩るくのもやっとで、辻占を売ることも出来なくなり、どこへでもずび仆《たお》れて、体を横にして長くならなければならない様な、それ程老衰と言おうか、病気が段々悪るくなったと言おうか、困った事になったのであった。

お塩はさっきも寸時《ちよつと》言ったようにうす馬鹿であり、あわてたりくよくよ思ったりする女ではないので、斯《こ》うなっても乞食をする事も忘れた風で、元より辻占を自分一人で売り歩るく甲斐性はなし、三人は全く弱ってしまった。

それで八幡様の広椽で、朝っぱらから、ねて何にもしないでぼんやりしていた。乞食の子供は、腹が減っても泣く事も出来ない《(ママ)》かった。

此んな状態が二週間も続いたが、三平の病気は少しも好くなりそうになかった。

それでも三平は、勇気を起して出来ないなりにも、女房と子を引き連れて、町の家々の台所へ入って行って、冷めしや、漬物を貰いに行って、やっと飢死する事だけは免れたのであった。

四

やがて段々気候は寒くなった。

雪が降る様になり、三平の病気がなおらなければどうなるのかと案じられた。

彼等親子は今日も、朝から何にも食べないで、浜辺の砂の上に転してあった丸太ん棒に腰を掛けて、思案にくれた。

三平はやはり寒けがするので、その砂の上に横になってねて、お塩に命令《いいつ》けて、そこいらに落ちている、棒ぎれや竹ぎれなどを拾わせ、マッチを擦って焚火を燃さしてあたたまろうとしていた。

乞食の子供は海に向って、石をジャブリンと投げ込んで、ひとり無心に遊んでいた。

お塩は丸太棒に腰をかけて、ぼんやり何にも考えない様な顔をしていた。

何と言う憫《あわ》れな親子なのだろうか。

乞食の子は若《も》しも父親の三平が死にでもしたら何《ど》うするのか。

只で薬を与えたりする医者はないのか、あたたかい所にあたたかい布団を着せて、三平をねかせてやろうという人はないのだろうか。

ヴィニイ

Mの公判は十三日にあった。鈴木は前夜石川の引越祝の冷酒に泥酔して、朝目が覚めると宮沢からの速達が机の上に載っていたのだ。十三日とは今日なのだが鈴木は目の奥が疼いて、頭がボンヤリしているし止そうかと思ったのだけれど、円タクで十一時前に裁判所へ駆けつけた。

丁度初《(ママ)》まる頃であった。Mのお母さんも妹さんも来て居られて、傍聴席の左の前の方に七八人の女達の中に混じって掛けて居られた。

編笠を被った二人の被告が巡査に護られて被告席に着いて、編笠を取ると一人の男はMであった。

Mは少し髯が伸びてはいたが、頭髪はキレイに別けていた。頬がコケて痩せてはいたが頬笑んでいた。

傍聴席の母親や妹の瞳と視線が合ったものか、Mは其の方を絶えず注視していた。

Mは手錠をはめられていた片方の手を巡査に外して貰ってふところから紙を取り鼻を擤《か》んだり、頭髪を撫でたりした。柔和な眼ざしをしてMは女の傍聴者の方を眺める。

Mの隣りに掛けていた一人の男の方から裁判は初められた。此の男は微罪で裁判長の前に立って何ヶ月かの刑を言い渡され、弁護士が被告は服罪すると申します。上告しないそうですからと言ってMと全然事件の違う被告らしく、十分位で其の男は編笠を被て連れ帰られた。

Mが呼び出された。Mは裁判長の前に傍聴席に背を向けて立った。

氏名年齢、住所を聞かれた。予審の調書は五寸位の高さであった。

Mは低い声で裁判長に申立てをした。転向の理由を箇条書きに列挙して、それを説明して行った。

鈴木にはMの声が低いので好く聞きとれなかった。しかし彼が転向を声明している事はわかった。其の理由として彼は、階級の流動性を云為《うんい》した。民族の伝統の根強さを云為した。

宿酔の痛む頭の鈴木にもMの理論の透徹している事は理解できた。Mは仲々うまく理屈を言った。

Mは二十七歳である。彼はマルキシズムの正しさを理解したと同じ頭脳の明澄さで、今度は党の誤謬を説くのだ。然《しか》しながら鈴木は、Mが最初マルキシズムに走ったのも、Mの感情的なものが目立っていたと思うのであるがMが転向したのも感情が先で、理論は後から拵《こしら》えたもののような気がするのであった。だからMは偽りでなく本当に転向しているのだ。人間は決して理論で動くものでなく感情の方が本質的であると思っている鈴木には、Mの口から洩れる言葉の響きや調子でその事がわかるのであった。

Mの申立てが一先ず済むと裁判長は予審調書の頁を繰りながら読み上げ、時々、今までのところで異議はないかと聞くのであった。

MはW大学を中途退学したのだが、鈴木とMが知り合いになったのはMが高等学院に通っている頃であった。

Mの家へ行くとMの書斎にはダヴンチ(ママ)の絵が貼りつけてあった。Mは初め考古学に興味を持っていたらしく、マガタマや古墳の写真などが沢山あった。蔵書に二千円だかの保険を付けていると云う話であったが、本は随分持っていた。

だが其の頃から段々Mは唯物論の勉強を初めていて、社会科学へ頭を突込んでいたのだ。

日本の古典ものの文芸書や大蔵経なども売り払って、その金を救援会の寄附や何かに廻すという風であった。

鈴木はその頃、全然と言って好い程マルキシズムの意識を持たなかったので、Mが……………配付をやったりして、学業を放擲《ほうてき》しているのを見て、慨《なげ》いたのであった。Mの父や母も慨いている事を聞いたり、直接訴えられたりもして、何とかしてMを冷静にさす方法はないかと心配したものであった。Mの感情を何うかして、………夢から覚ましたいと考えたのだ。

だが、鈴木がMの行動に不満の意や批判の目を注げば注ぐ程、Mは反動的にそちらの方へ行って了《しま》うと云《い》う風であった。

Mの母や父や妹さんの哀願も要求も、無視された形であった。Mは市会議員選挙の左翼の候補者の運動にも奔走したりしていた。

鈴木は或時必死の思いで、幾日も家へ帰らないMの行方を探して、逢って説き伏せたいと思った事もあったが、運悪るくMに出くわす事が出来なかった。

裁判長が詳細なMの調書を読み上げるのを聞きながら鈴木は当時を回想していたのであった。

だが二日酔いの頭は、ぐらぐらとゆられているようで、体は椅子に掛けているのに堪えられないほどだるく、右手で顎をささえて、前の腰掛に凭りかかっていると、検事席の下の守衛が、注意した。

裁判長はMが入党する前後の所を読み上げMに聞き訊していた。

鈴木は昭和三年の十月には病気で田舎へ帰郷していたので、Mの其の後の行動は知らなかった。鈴木は丸四年間田舎にいたのだ。そして昭和七年の七月時分の初夏の頃である。鈴木は関谷や宮沢などと或喫茶店の二階で、ソーダ水か何かを飲んでいたのだ。

すると這入って来た一人の男と顔を見合せた。

其の男は一人の少年を連れていて、何か買い物の包みを小脇に提げていた。そして白い頭のステッキを持っている。

咄嗟《とっさ》には思い出せなかったが、四年振に遇《あ》うMの和服姿が、如何にものんきなブルジョアの子弟らしく装っているので、それに亀甲縁のメガネを掛けているので、瞬間思い出せなかったのであった。

Mも又、警戒の態度を取ったが、鈴木のグループばかりで、他に誰も居ないのに安心して、鈴木の傍の椅子に腰を下ろした。

Mはアイスクリームを注文して少年と二人で食べていた。

そして鈴木と二十分間も話しをしたのであった。関谷や宮沢が居るので、Mは二人とも知ってはいるのだが、鈴木としてはMとゆっくり話しをしたい気が多分に起ったのであるけれど、二人きりで話すという事は出来なかった。

鈴木が四年振りに上京したのを新聞の消息でみて、Mは鈴木のところへ三回ほども足を運んだというのだが、其のつど鈴木が留守であったので、遇う機会が無かった。

Mはロシヤの帝政時代の作家のネクラソフと云う名前などを持ち出して鈴木を揶揄した。鈴木が相変らずの非唯物論的な思想に、アキレタと言うよりも、失望を感じたらしく、言葉で争ってみても結局証明出来ない事だから、今後の実践活動に依って勝敗を決しようと言ったりした。

Mは十円札を四五枚持っていたが、鈴木は一枚だけMから貰った。Mは住所は決して打ち明けなかった。

Mは大きい金時計を帯の間にはさげていたが、電車は決して乗らないと言った。それにしても好く掴まらないで、白昼しかも人の出入りの多い喫茶店などで、彼に遇う事は鈴木の予期しない事であった。

鈴木は今度上京するや否やMの家を訪ねた。勿論Mは居なかった。お母さんと妹さんと四五人の人がいたが、それはMの父の亡くなってから三十五日目の法事の日であった。

Mは父の病気が危篤になると、京都の警察から保釈になって、刑事が五人もついて、父の臨終に臨む事は許されたのだが、父が息を引きとった其の夜巧みに逃亡して潜行したのであった。

裁判長は、京都で掴まった事件の所を読み上げてMに訊問するのであった。調書が違っているか否かを問うのだ。

喫茶店での邂逅後間もなく、或日関谷が鈴木のところに来て、Mと遇った話しをした。Mは電車に乗る関谷の姿を見て、円タクで追っかけて、次の停留場で、電車が停まると、電車の窓から、中に居る関谷を呼び、関谷は電車を降りて、近所の或喫茶店で、一緒にお茶を飲んだと言った。

宮沢も或日の夕暮れの省線の或駅の近くで遇った話しを鈴木にした。其の時のMは背広を着ていて、浩然と闊歩していたと言うのだが、いくばくもなくして大森の川崎銀行のギャング事件が新聞に報道された。

×××資金集めの仕業で、犯人は仲々掴まりそうになかったが、二三日後号外が出て、それには道灌山《どうかんやま》で一人の男が掴まり、芝で共犯の二人がつかまった事が報ぜられてあった。

鈴木は或朝目が覚めると、異様な悪夢から覚めた後の、それでいて不快ではない黄金色のヒラメキを感じたのであったが、其の日の中にも滅法《めっぽう》もない幸運が彼の手に舞い込んで、それは確かに沢山の金が、誰かの手を経て彼に届けられるであろうような予感がしたのであった。

しかしながらMが検挙されたのは十月の熱海の検挙よりもずっと後で、Mは直接ギャング事件には関係はないらしかった。

時計は十二時を四十分も過ぎた。

裁判長は次回の公判日を二十日と宣言して弁護士が、も少し早くお願いしたいと言ったが、二十日までに適当な日がないので、来月の二十日に決ったのであった。

鈴木はMのお母さんに挨拶をしようかと思ったけれど、傍聴席を立って、次の控室に出ると、Mのお母さんは弁護士と話しをしていられたので、鈴木はダラシのない自分の風態も恥ずかしく、黙って階段を降りて、裁判所の構内を出て、電車で帰って来た。

それにしてもMのお母さんも変ったものだと鈴木は思った。

Mもお母さんも暗鬱なところがなく、むしろ朗らかにさえ見える様子が鈴木には喜ばしかった。涙を秘めて、今までの過去をあきらめて将来に希望を持って、肉親の愛に生きて居るのであると思われた。

鈴木は一度もまだ刑務所にMを訪問した事がないので、必ず近い中《うち》に訪問しようと思ったのであったが、毎日の生活に追われて二週間ばかり経った。

Mの居る刑務所の所在を鈴木は初めどこに在るか知らないで、東京から二三時間もかかる距離にあるように思っていたが、省線の駅からも直ぐなのであった。

鈴木は駅で乗り換えて、Aで下車した。

駅の前の交番で聞いて、教えられた道を行った。女の小学生が高いセメントの塀の脇の広い道を学校から帰って来るのに遇った。子供達は其の塀の向う側に何んな生活があるかは知らないだろうし、丸で無心に晴れた日の雲の下を歩るいているのであった。

鈴木は刑務所と書いてある龍崗岩の低い門柱のところから、砂利石の敷かれている道を入って、鉄門のところに来た。

腰にピストルを持っている門番が要件を聞いた。

住所と名前を聞かれ、Mに面会に来た旨を告げると、門鑑を渡してくれた。鉄門を開けて中に入った。

正面の建物の左の方へ廻って、下駄を草履に穿き替えて、階段を上って、接見願いのところへ行くと一人の若い女が接見申し込書に記入していた。

鈴木も面会したいのですがと言うと、印刷した一枚の申込書をくれた。

それに一々《いちいち》、住所年齢職業、Mの名前とMとの間柄を記入し、面会の用件の概要をも記入するのであった。

それから階段を降りて面会人控室に待つ事になった。

彼は何か差入れをしたいとは思ったが、Mに逢ってからにしようと思った。

控室には売店があって、メガネを掛けた太った娘と、頭の禿げた男と若い男もいた。パンや缶詰や紙などタバコも売っているのであった。

五六人其処に待っている人がいた。彼の後からも五六人面会が来た。

禿げ頭の男がお茶を配った。鈴木は、先に申込書を書いていた女が、一人の若い女とならんで掛けて話しをしている其の隣りに掛けた。

子供を負ぶった婆さんが来ていた。朝鮮人の女も居た。

順番に先に来たものから呼ばれて接見室に行くのであった。

鈴木の隣りに掛けている女は好く饒舌《しやべ》った。彼女の良人も未だ未決で、クボタと云う×××被告である事が其の会話から鈴木に解った。其の女の前に掛けている洋服の男と、Mの噂さなどを話すのであった。

「Mさんのお母さんに、妾《わたし》いつでも来るたんびにお逢いするんですが、きょうはお見えにならないようですね。Mさんのお母さんも妹さんもしっかりした方ですから、あんなお母さんがあると気丈夫ですわ」

その洋服の男もMに面会に来ているらしいのであったが、鈴木は誰だか知らなかった。

Mの隣りに掛けている女は弁護士の細君らしかった。弁護士と云っても左翼で去年一度に、十人ばかり挙げられた中の一人らしかった。

「フセさん丈はまだ警察に居らっしゃるんですってね」とか鈴木の二三度逢った事のある弁護士の噂なども彼女達はしていた。

鈴木は種々なる事を知る事が出来た。今年でもう七年間もつながれている被告達の事や誰が誰より先に転向したとか、警察の留置場に三百日も居てがん張りつづけた十九娘の事や、赤い判事のOさんの奥さんの事など鈴木には耳新らしい事どもが多かった。

女達はパンを取って食べていた。中々順番は来ないのであった。

「三浦さんのお母さんも年を取られましたね」とか隣りの隣の女は五十位の女の人の事をさして言っていた。

沢山の被告の斯《こ》うした家族達の中には無数の悲劇が有る事であろう。それらの人達は何んな考え方をしているのであろうか。

洋装した二人の女が入って来た。一人はどこかで見た事のある女だと鈴木は思ったが、それは好く見ると築地の女優であった。七八年前に鈴木は一度彼女の舞台姿を「空気饅頭」の時か何かで見た記憶があった。

タバコを盛んに吸って、二人は鈴木の丁度前に掛けた。ハウプトマンの「織匠」か何かの本を読んでいた。何かの歌を合唱したりした。

鈴木の隣の隣の女は其の女優に話しかけた。鈴木の七八年以前に知っている彼の友人が二三人も、Mと同じく此の刑務所に入っている事を鈴木は彼女達の話しで知った。

だが此のモダン刑務所は決して陰惨ではなかった。

此処にも矢張り生活はあるのだ。商取引が行われているのだ。人々の習慣的な一種の伝統さえも既に醸されている。

人々は話をし、めしを食い、お茶をのみ、色んな風習を毎日のようにくりかえしている。

鈴木は二時間以上も待たされたので苛々して来たが、彼の隣の隣に居た女が呼ばれて行った。

彼女は良人に何んな話をするであろうか。鈴木もMに逢って何んな話をしようか何も考えていなかった。

面会時間は大概二十分が最大限度位なのであった。話が途切れると三分位で終末を宣告される事もあると云う事である。

少し曇って来て雨が降り出したようであった。

鈴木は洋服の男と二人一緒に名前を呼ばれた。それで洋服の男の後に追って接見室に入った。

接見室は普通の簡易な応接室のようであった。違うところは巡査が看視している丈である。Mも普通人の恰好で、整った和服を着ていた。手錠も何もはめているわけではない。此の間の公判の時よりは元気そうであった。

卓子に相対して洋服の男とMは掛けた。時間が手間どるので、一度にしたのだ。Mは洋服の男を先に済ます考えで二人は話しを初めた。

鈴木は脇の椅子に掛けてMの顔を見ていた。差入れの本の名前をMはふところから石版を出してそれに書きつけているらしい。本屋の名前などを言うのである。それからフランスに行った友達か何かの雑談的な話しやMのお母さんと延寿太夫《えんじゅだゆう》を聞きに行った話しなどであった。

Mと其の男との対談は五分位ですんだ。その男は出て行ったので、今度は鈴木とMとの会話になった。

看視の巡査は何かを筆記していた。鈴木はヴィニイと云う香水の広告用の好い匂いのする紙を出してMの前に出した。Mに香水の匂いを嗅がしてやりたいと思って来たのであったが、Mは其の紙を持つと巡査に手渡すのであった。巡査は書かれてあるフランス文字を見て、売店で買ったのかと鈴木に聞いた。鈴木は巡査の手からそれを取ると又Mの前に放ったが、Mは其の紙を持って鼻のところへやって嗅ごうとはしないのであった。だから鈴木もあきらめてふところに蔵《しま》った。

「手紙は届くか」と云うような事を鈴木は言った。

「刑務所としなくとも、ここの番地で来る」とMは言った。

「関谷君は何うしています。黄君は？」とか二三の友人の消息をMは聞いた。

フランスの小説を読みたいから、新らしいフランス文学の書物など差入れて貰えれば好いとMは言った。

Mは鉄塔書院から出ているラテン語の講義録を洋服の男に注文していた。文求堂という本屋の名前なども言っていたが、食物や外《ほか》の差し入れの事は心配しないように鈴木に言った。

鈴木はクローデルのマリヤのお告げと云う戯曲のホンヤクを読んで最近に感心した事などをMに話した。あの本を差し入れてやろうかと鈴木は思ったのだ。それはカトリックの宣伝書みいたいなものではあったが、カトリックの精神を近代にまで生かして、悩める人々に阿片的な魂の麻痺をさす文学としては最上のものだと鈴木には思われた。

ドストエフスキイにもあれほどの深遠さはない。転向したMには無上の救いとなるかも知れない。凡《あら》ゆる自由を拘束され、牢獄の壁に向って長い年月を費やさねばならないMには慰められるところがあろうと鈴木は考えたのであった。

阿片《あへん》を必要とするものには阿片を与えねばならぬとも考えたのだ。

Mは何度も鈴木の転居先を探したんだが解らなかったと言った。巡査がもう好かろうと合図をしたので、Mも鈴木も立った。「みんなに宜しく」とMは言った。鈴木は控室には寄らないで、草履を穿きかえて、ずっと鉄門のところへ出た。門鑑を渡して、小降りに降り出した雨の中を急いで駅の方へ歩るいた。

Mよ、健康であれ、健康でさえあれば出られるのだ。君のお母さんや妹さんは、凡ゆるものを犠牲にして、君の為に凡ゆる時間を費して居られると言っても好いのだ。二人の肉親の為に君も又一切を忍ばねばならぬ。幸《さいわい》に君はまだ若いので、仮に君の判決が決められ、今後七年間を刑務所に居て、出獄するとしても僕の今の年齢なのだと鈴木は独り思いに沈んだ。だが其の七年間が牢獄に居るものにとって如何に長いものであり恐るべき倦怠であろう事だ。

絶望するなMよ。孤独に堪え寂寥にも堪えよ。君のお母さんや妹さんや多くの友人達は君の出獄の日を如何に待つであろう。

一日も早く出られるよう。少しでも軽く判決されるようと皆のものが願っているのだ。だから君は健康に注意して、将来のために備えねばならぬ。あまり勉強しなくとも好いのだよ。

Mよ。寂寥に噛まれて気を狂わさないようにしなければならぬ。体の調子さえ好ければ人間は気の狂うものではないのだ。

鈴木は近日Mを又訪問してやろうと頭の中では種々なる事を考えたのであった。次の公判にも傍聴に行かねばならぬ。Mのお母さんや妹さんは何んな生活をして居られるのであるか。

一度鈴木はMの留守宅を訪問したのであるけれど、Sの方へ転居された後で、転居先を聞いてもS方面である事だけはわかって、町名や番地がわからなかったのであった。

彼女達はMの為に、身を狭めて、永年住み慣れた家を離れたのであろうか。しかし鈴木は、鈴木の知らぬ間にMのお母さんも妹さんも、Mの影響や、時代の感化と言おうか相当に意識されて、Mの行動に理解を持たれるようになったのであろうと考えた。

過ぎ去った事は後悔しても追っつかないのだ。常に新たなる出発が為されなければならぬ。為されなければならぬと言うよりも、それは為されているのだ。凡《すべ》てが固定してはいない。

Mよ。僕自身が、誤謬に充ちたダラシのない生活であったればこそ、君の友情に冷やかなりしを許せ。幾度も危きに在るを止め得ずして、最後に陥入った君の現在の境遇に対しても、無力であり、傍観の態度以上に出られない僕を、激しく鞭打つものは僕自身だ。鈴木は雨の中を半ば走りながら独言していた。

悲しき習性

私の中に卑俗な性癖がある。

悲しき習性がある。民族的欠陥もある。ハッチンソン氏の歯の特徴を表わした男が昨日もやって来て、私を悩ました。私はこの男に悩まされている。

この男の視点の定まらない、度の無いメガネを掛けた目は、いつか新聞で見たフィリッピン人の二十何人かを船中で殺傷した船員の写真の目に似ている。

この男は何《ど》うかしたら私を殺すかも知れない。こんな男に殺されては私は浮かばれない。

この男はカンピンの中へ醤油を入れて持って来ていたのを、持って帰れと私は言ったのだが、まだ置いている。コップもまだ置いている。

竹と籠と土瓶とは提げて帰ったらしい。

保険の勧誘と、ミシン販売をやっているこの男は極めて低劣な他人の言葉をホザク。たまらない事を言うのだ。時に淫猥な聞くに堪えない事を言うので、私は帰れと命令するのだが、怠惰なこの男は私の部屋に寝転んで昼寝したりする。
二、三日来なくなっていたかと思うと、又来る。来ると私は豆腐を買いにやる事にしている。豆腐を醤油につけて食うのだ。
うまくもない豆腐だ。これはこの男が、私にすすめたのだ。

前の豆腐屋で、柿の渋を抜いている。一個の大きいのは二銭だ。柿と豆腐とを食って私は空腹を防いでいる。

晩になると私はRの家へめしを食いに行く。Rの家は私の家から十四、五町の距離がある。今刈入時で、田の稲を農夫が刈取っている。私は田圃《たんぼ》の畦道《あぜみち》をつたって川沿いの道を歩いてゆく。

Rの家の裏の柿の木が叩き落とされて、葉が落ちている。

私は三年間を狂人として牢の中に暮らして半年前にやっと檻禁を解かれた。私は三十年の間を生きては来た。私はこれからまだ生きようとは思っている。めしを食おうとは思っている。だが三十年の過去を顧り返る事に依って、私は何をこの世にモタラスだろう。私は何を考えて、求めて、あえいで生きてきたものやら、全くわからん。

私は人の使う言葉でもって、こんな事を書いているが、言わば人の拵《こしら》えた言葉だ。私がこんな事を書くのも私が書くのじゃなくて、誰かが私に書かせているのだとしか思えない。私一個の力でもってやる仕事じゃない。

Rが言う事にはこの頃何か書いているかと私に聞くのだ。私は何も書けないと答えたのだ。Rは私と同年配だが或《ある》綿布工場の社長なんだ。

私の健康は著しく牢の中で損われている。めしを食う事も実にやりきれない仕事のようにさえ私は思う場合もある。

紡績の重役連が四、五人Rの工場を視察に来たのだ。Rは町の或料亭に若い芸妓を妾のようにしているのだが、夕飯後必ず出掛けて遅く帰って来る。私は大概Rと一緒にその料亭へ行って一時間もいると先に帰るのだ。

一人で五千万円も持っているその重役連の噂さをRはするのだ。私は馬鹿馬鹿しくて聞いておれないのだ。何方《どちら》が馬鹿馬鹿しいのかわからないが、Rの工場の女工達は朝の五時から夜の七時頃までも働いている。それに日給二、三十銭なのだ。尤《もつと》もRの工場で製造する木綿縞も一反三銭宛《ずつ》損をしていると言うのだが同紡績の株を七万株から持っていると言う一人の重役は、年に五十万円の配当が黙っていてもころげ込んで来る。何にもしないでもだ。……………………名義と、社会の悲しき習性とに依ってだ。

まだ個人の自由思想にも目覚めていない多くの貧民共、そして支那人との××をさえ謳歌しているんだ。私は性欲を感ずる所の騒ぎではない。人類の絶滅を美しい芸術として空想するんだ。

高橋新吉略年譜

一九〇一年　一月二十八日、愛媛県西宇和郡伊方町字小中浦に生まれる。
一九一二年　十月九日、母死す。
一九一七年　神戸市の細見病院で、両顎蓄膿症の手術を受ける。
一九一八年　二月十六日、父に無断で上京。三月、八幡浜商業学校中退。
一九一九年　十二月、チフスに罹り、巣鴨の養育院に収容され、二ヶ月療養後郷里に送還。
一九二〇年　八月一日『万朝報』に「焔をかかぐ」掲載。八月十五日、同紙掲載のダダイズムに関する記事を読み、ダダに傾倒。
一九二一年　二月、喜多郡豊茂村の古義真言宗の金山出石寺の小僧となる。五月、徴兵検査を受ける（補充兵役陸軍歩兵第一乙種）。九月、三度目の上京。埼玉県栗橋のあばら家で自炊生活をする。十二月、「まくわうり詩集ＤＡ１」をガリ版で作成、それを持って辻潤を訪ねる。
一九二二年　四月、『シムーン』に「倦怠」（のち「皿」と改題）を発表。

一九二三年　二月十五日、辻潤が独断で『ダダイスト新吉の詩』出版。九月一日、八幡浜市に帰省中、関東地方で大地震。
一九二四年　七月十五日、小説『ダダ』出版。九月、詩人高漢容の招きで、韓国へ行く。
一九二七年　八月、八幡浜市の万松寺で足利紫山による「無門関」の提唱を聴き、感銘を受ける。
一九二八年　九月二十五日、佐藤春夫編『高橋新吉詩集』出版。六月から十月にかけて雑誌『脳』に「桔梗」連載。十月、岐阜県美濃加茂市伊深町の妙法山正眼寺で坐禅を習う。接心中、病を発し、郷里で数年間静養。
一九二九年　九月二十三日、父死す。
一九三〇年　一月および二月、雑誌『脳』に小説「銀座通り」連載。
一九三二年　一月、上京、本郷に下宿。牛込の法身寺と芝の金地院で、紫山老師の碧巌録と臨済録の提唱を隔月毎に聴く。
一九三五年　五月一日、『歴程』創刊。
一九三六年　四月二十日、小説『狂人』出版。六月十日、短篇小説集『発狂』出版。
一九三九年　五月、京城から平壌、さらに奉天から北京を旅する。包頭、青島、済南を訪れ、上海に一ヶ月滞在する。
一九四一年　一月二十日、『愚行集』出版。全国を放浪し、各地の神社をめぐる。
一九四二年　七月十五日、詩集『霧島』出版。九月二十日、『神社参拝』出版。浜松、方広寺での臘八接心に参加する。
一九四三年　愛国詩と前衛詩とが共存する詩集『大和島根』出版。

一九四四年　日本海事新聞社に入社。『海事新聞』に「海に因む古社新神——須佐之男命」連載。十一月二十四日、辻潤死す。
一九四五年　八月十五日、天皇のラジオ放送を海事新聞社で聞く。
一九四九年　十月十日、『高橋新吉の詩集』出版。
一九五三年　九月、足利紫山より「水月道場」(印可の証明?)を受ける。
一九五六年　アメリカの『ポエトリー』誌(五月号)に詩の翻訳が掲載される。
一九五七年　二宮尊道、D・J・エンライト編『現代日本の詩 (*The Poetry of Living Japan*)』に詩の翻訳が掲載される。
一九五八年　一月五日、『参禅随筆』出版。六月二十日、『無門関解説』出版(山田無文との共著)。
一九六〇年　一月二十日、『臨済録』出版(足利紫山との共著)。
一九六一年　十月十日、短篇小説集『潮の女』出版。十一月一日、短篇小説集『猩猩』出版。
一九六三年　八月十日『道元禅師の生涯』出版。十二月、トリスタン・ツァラ死す。
一九六五年　ルシアン・ストライク、池本喬の共訳で、詩を十四篇、ニューヨークのダブルディ社発行『禅 (*Zen: Poems, Prayers, Sermons, Anecdotes, Interviews*)』に掲載。
一九七一年　四月十五日、『ダダと禅』出版。四月、ルシアン・ストライク、池本喬の共訳で、ロンドンマガジン社より、英訳詩集『残像 (*Afterimages: Zen Poems Shinkichi Takahashi*)』出版。シカゴのスワロープレスからも同じ内容で出版。七月二十五日、横浜港を出帆、ソ連、ヨーロッパを旅する。
一九七二年　十月十五日、『定本高橋新吉全詩集』出版。

一九七三年　芸術選奨文部大臣賞を受賞。
一九八二年　日本詩人クラブ賞を受賞。
一九八四年　愛媛新聞文化賞を受賞。
一九八五年　藤村記念歴程賞を受賞。
一九八六年　愛媛県教育文化賞を受賞。
一九八七年　六月五日、永眠。

参考資料

『定本 高橋新吉全詩集』（立風書房、一九七三）
『高橋新吉全集Ⅳ』（青土社、一九八四）
金田弘『高橋新吉――五億年の旅』（春秋社、一九九八）

生蝕記

或る浮浪人の日記

私は今肺病で死に掛けている。

蓄膿症の膿は喉を流れて、胃の腑に這入《はい》るので、血液は濁るのである。

手も足も頭も痺れて了《しま》っている。

彼は今日も、本屋から本を掻払《かっぱら》って、それを古本屋に売り払って、それで焼芋か鯛焼を買って、持って来て呉《く》れはしないか。

彼は貧困な社会思想を持っている男である。

「道かと思い、
行けば大きな門じゃった」

私は彼の事ばかりを書いたのではないかも知れない。

×

橋のそばのそばやに這入って居た。

うららかな日で御座いました。

靴の音と、草履の音とが一緒になって、勢い込んで橋を走って行った。

何事だろう！　私は食いかけの天丼をそこへ置いたなり通りへ出て見た。

何にも見えなかった。

小学校の塀の裏を、突き当って曲り角になっていた。

附近の店先に出て、人が覗いているので、私も弗々《ぽつぽつ》歩いて行った。

たしかに走って行った音が消えたと思った。

人が蝟集《あつま》っていた。

二人の若い巡査が剣をだらしなく曳き摺って、顔の汗をタラタラさして、地べたに仆《たお》れている男の腹の辺りを蹴飛ばしていた。

彼は新らしい銘仙の着物に、茶褐色の猿又のキレイなのを穿いていた。

「スリだんな」

「スリそこなったんだっしゃろ」

「此奴、そやないと強情張りやがったんだ、も一人の奴、遂々《とうとう》逃げやがった」

恐ろしく憤っているのか、一人の巡査はなおも蹴続けていた。

脛の辺りからも、耳の辺りか〔ら〕も血が滲んで吹き出した。

男は起き上ろうともせず、肉付きの好い顔をして、両腕で頭をかくして、

「早く連れて行け、覚えていろ！」とか何とか言った。

私は見ているに忍びなかった。

情けなくなって蕎麦屋の方へ引き還した。

其処《そこ》に辻待《つじまち》が居たので、腰掛板に腰を下ろして、私は車夫と話した。

「ただで何処《どこ》か一晩泊めるところ知って居ませんか？」

「天満の近所にありまんな。もっとも労働者ばかりで、一晩五銭とかいいまんが。行って見なはれ」

「今のは掏摸《すり》なんでしょう。走って来た時に引っ掴まえればよかったでしょう」

「滅多な事しまんと、あとがこわいさかいな。あんたはん、人殺しなんかが隠れて居まんねやぜ。天満のカンイ宿泊は、風呂もおまんがな、ま行って見なはれ」

以前から私は、カンイ宿泊にとまっているのだった。

便所に下駄も其の他の穿くものもないので、水道で朝、顔を洗う時、一つしかないの

で、栓を奪い合ったり、ゴッツリ合いしたり、みんな、はだしで出たり這入ったりするのを知っていた。

左官の手伝いとか、大工の手つだいとかへ行く手合が主だった。

「わしは凧が商売や」

「凧とは何です?」言って聞くと、

「飛行器を作るんですがな。もう十年も前から、僕は飛行器の設計を造って居まんね。坂田の金時よりもわしの方が古くからやってまんねやが何《ど》うも資本が要りまんねやでね」とか言った男とあった。

会話に頻りに英語を混ぜて饒舌《しゃべ》る六十あまりの老人も居た。

砲兵工廠の人夫市場へ、私は此の老人とも一遍行った事があった。二人ともあぶれて帰った。

うまく鼻面が好くて買われると細長い鉄の棒を運ぶんだったが、ずっとならんで、一円札一枚宛《ずつ》貰って帰るんだった。

梅毒で背骨が疼いて、かがんで歩るく青年も居たが、そいつは一日中歩るき廻って落ちている銭を拾って平均四十銭位にはなると言って居た。

ヨボも四五人居た。

大概は毎晩の様に泊っていた。

「そうですか行って見ましょう」

私は車夫と別れた。

×

公園で昼ねて居ると、帽子をとられたと言った男があった。

私は夜寝て居て、×部をいじられた事があった。

噴水のある池のそばのベンチだった。

仰向けにねていると、私の伸ばした足許へ掛けて、私の××を掴むのだった。

またぐらから手を入れて××××××××××××××私はほうたらかして、知らぬふりをしていじらしてやった。

する中《うち》私は快感を覚えて来た。

「女だろうか。男だろうか。私のを上下に××するのは」と思ってる中私は××を泄《も》らした。

すこし頭を上げてすかして見ると四十近くの肥えた男だった。

袂《たもと》からハンケチを取り出して、私の××を拭いて、池の縁へ離れてしゃがんだ。

私はしまったと思った。

淡闇のそこら辺りにはまだ人影が蠢《うごめ》いていた。夏の夜だったから。

しかし男は白ばくれて、再び私の足許へ来てかけた。

私は急に起き上って男の胸倉を掴んだ。

「何うしたんだ。馬鹿野郎」

私は胸倉を小づき廻した。

「承知しないぞ。警察へ来い」

私はどなった。

「寸時《ちょっと》ハンカチで、濡れていたから拭いて上げたんやがな」

男はヌラクラした鼻にかかる声で言った。

「どうした馬鹿野郎。知らないと思っているのか。何でも好いから其処の交番まで来い」

私は男を何処か人の居ない所へ連れて行って、脅喝《(ママ)》してやろうと思った。

「わてェは金を持ってまんが。わてェは菓子屋の職人でおます」

男は態《わざ》と低能児らしい物言いをするのだった。

私は男が凝乎《じっと》している以上、引っ張って行く力はかなわなかったので声を大きくして言った。

「悪るい事して済まない思うなら、すなおにお前の家まで行ってやるから、どこだ言え！」

するとかたわらから、痩せた細い男が出て来た。

「まああああんたはんも、別に財布をとられたとか、とりよったとかならだっしゃろうが、そやないのなら勘弁して上げなはれ、わてぇは浜町の植松の家に居るもんやがな」と言った。

浜町の植松と言うのは、私も名前だけ知っている侠客の親分だった。

私は此奴等《こやつら》共謀《ぐる》になって何か××に塗る薬の試験でもやっているのかも知れないと思って、気味も悪るかったが、仕方がないので、其の男を放してやった。

それにしてはあまりに早い××やりようだったと私は思ったのだ。

男が小瓶に這入った水薬をもって居て私の××へなすくった様な気もするのだった。

×

小さい方の室に、彼は新聞の綴ったのを拡げて見ていた。窓際にかけていたので厚司《あつし》を被た男がその帯の間から、桃色の巾着を下げているのが直ぐ目についた。

男は薄い何かの本を読んでいたが、少し経つと軈《やが》て鼻を本の上へ伏せて居眠り出した。

天気の好い午後で、静かな閲覧室の中には、其処にも此処にも、斯《こ》うして居眠って居た。

遠い川向うの電車の響を聞いて居ても眠くなるので、彼は先刻から階下へ降りて、莨《たばこ》でも吸おうと考えて居たのだが、其の桃色のネルの財布が、だらりと前掛の横に垂れ下ったまま、男が気がつかないで居るのだと思うと急に彼は室中を見廻した。

向い合った側には、髪を長く伸ばした男が、退儀そうに筆記をしていた。

彼のならびは二三台も椅子が空いて居た。

誰も見て居る筈は無いと思ったので、彼は右の手を懐ろに入れて小さいナイフを握った。

男は快よい鼾さえ立てて好く眠って居た。

彼は左の手で財布をつかんで、そしてわざと目を前の男に外らし乍《なが》ら紐を切った。

ガチャリと銅貨の音がしても男は知らなかった。

彼は顔が少し火熱《ほて》って赤くなりはしないかと思ったが急いで室を出た。

やはり動悸がした。階段を駆け下りて、彼は閲覧票を持つと、すぐ地下室へ下りた。

下駄を受けとる間もせかれた。

漸《や》っと外へ出てからも、誰かが後から呼んでる様な気がしてならなかった、彼は電車道まで殆んど走る様にして歩るいた。

×

其の晩私はカンイへは泊らないで南の方の安宿へ行った。

二畳敷の破れ障子のガタピシする部屋に、癩病の乞食と一緒にねたのだった。

朝になって気が付いたのだが、指が腐って落ちかかっている目の潰れかかってる男で、たしかにそれは癩病で乞食をやってる男らしかった。

カンイ宿泊は六時迄に行かないと番号札が売り切れで、売り切れて居なくとも泊めて呉れないので、そんな時私は雨の降らない限り公園のベンチでねた。が巡査が時々追っぱらいに来て、危うくすると警察へ引っぱられる恐れもあるので、私は図書館の石段の上にねたりガードの下にねたりした。

図書館の石段の上は、自動車が一台乗る程の広さで、昼間も此処からは誰も這入れないので、扉の根にねると、下の広場を通る人にも解らなかった。

太い石の柱が二つ両側にあって、ねて仰むくと、星の流れる度に水の様な光が目に浸みるし、その上涼しい夜風が吹いいて気持の好い所だった。

×

私は久しぶりに図書館へ出掛けて見た。

まだ早かったのであいて居なかった。

それで私は地下室のところで三十分も待って居た。

浅黄の服を被た職工らしい男が、私と同じ様に待って居た。

「まだ八時になりませんか」

私が問うと男は上衣の腰のポケットから銀時計を出して「最《も》う十分だっせ」などと言っ

た。

這入ってから彼は其の男と、此の間の同じ小さい方の室へ行ってならんで掛けた。

彼は時計を入れた男のポケットが左側だったのを覚えていた。而《そ》して男の左側の方へ腰を据えた。

彼は目を本の上へ落していても、読んでるのが解らなんだ。始終男の動作に注意していた。

男は何故か時計を出して前へ置かなかった。彼は其の方が却って好かった。

暫らくすると男は頬杖ついて前に凭《もた》れる様にして本を読み出した。

彼は今だと思った。

彼は態と少し椅子を後へ引いて、頭を前の卓子《テーブル》にのせ居眠りを初める様な姿勢を取った。

而して両方の手を卓の下で機敏に働かした。

彼は袂の袖口から獲物を夏シャツの臍の上辺りへ蔵った。

そして一つ時して顔を上げた。

「さよなら。私眠くなったから失敬します」彼は立ち上った。

男は斯う言った彼に、軽く微笑んで応じた。

×

私は通りを歩るいても、電車に乗ってもめがねを見ると、とってやりたい気が盛んにするのだった。

或日の昼公会堂で、労働者大会があると言うので私は行ってみた。

面白かった。

○新聞の後援で、労働者には一袋ずつパンを配るのだった。

壮士見たいな男や、新聞記者が演説をやった。傍聴席につっ立って洋服を着た男が『新聞は××に買収された腐敗分子ばかりだ』と攻撃をやり出すと、つづいて一人の男が演壇に駆け上って『パン一袋位に買収されてゴマカサれては諸君よ不可ないじゃないか』と唸り出すと、パンをむしゃくしゃに千切って其処らあたりにバラ撒き乍《なが》ら、

「こんな側《がわ》だけ固くで、中のアンコの糞みたいな柔らかいものを諸君よたべては不可ない」と言ったりした。

「わしは立ちん坊の親分だが、此んな事とは露知らず、三百人からの名簿を拵えて持って来たが、もうこんな会には這入らんから、連れてくる事も止めだ」

大げさな顔の獰猛な法被《はっぴ》の男が、これだけ言って、血相変えて演壇を下りると、紛然とした場内に、拍手が雑然と起ったりした。

「貴重なパンを裂いて一片でも無駄にして快哉を叫ぶ様な事は子供じみた狂気だ」とか何

とか言った。
『豚はなぜ肥えるか』『生蝕器聯盟か』とか『そんな事は何《ど》うだって好いじゃないか』とか、野次が盛んに起ったので、まるで実に面白かったが、無茶苦茶に閉会を宣した、そこで私も帰った。

Sと云う坊主と、Oと云う法学士との講演が公会堂にあった時も私は行った。坊主の話は割合面白かったが、あとから出たOときたらくだらなく聞くに堪えぬものだった。

私の隣に掛けた銀行員風の若い男は、時々《ときどき》感心したように手を叩いた。

時々みんなが感心したように手を叩く度、私は其の銀行員風の男の、右の袂の固い蟇口に触って、甘く袖口から手を突っこんで、どうしたら取れるだろうかと思案していた。

男は丁度私の目の前の腰掛に腕をもたせて居るのであった。

私は男の単衣の縫い目を初め少しずつ爪でほどきにかかった。

私は其の時ナイフを持って居なかったので、切れば訳はないのに仕方がなかった。

男は時々無意識に気付いて一方の手で蟇口を掴んだりした。

所が少し強く私の指に力を入れて引っぱった時、男は感づいたのか、私の顔を不意に振りむいて見た。

私はやっぱりOの方を見て作り笑いをして居たが男は蟇口を懐《ふとこ》ろのシャツのポケットか何処かへ移転さして了《しま》った。

其処らの出口には巡査も来て居るので私は言い告げられでもしたら困ると思って、早々に出て了った。

×

或宵だった。何処かで神様が目を覚まして、長煙管でタバコでも飲んでいそうな時だった。

犬のように首を垂れて、私は明るい華かな通りを歩るいていた。美しい洋傘や麦稈帽《むぎわらぼう》が陳列してある飾窓の前に赤い電燈を浴びて、八つ位の女の子だった。

私が立ち停った時、丁度拾い上げた大きい女持の蟇口《がまぐち》をまた元の地べたへ置こうとしたのだった。

私は「お見せ」と言って掌にとって中をあけてみた。そして「有難う」とも言わず私は歩るき出した。曲り角で顧り向いた時女の子は私を凝視《みつ》めていた。

×

或時三越呉服店の出口の人混みの中だった。前を歩るいていた奥さんが足の爪先を踏んだので、私は思わず下を向いた。

そして腰をかがめて、ビスケット見たいな菓子を五ツ六ツ拾った。奥さんの袂の紙袋からコボレたのだった。

×

私は或場末のお宮の軒下にねむる事があった。四時頃に朝起きて停車場へ行くと、巡査が立っていて「オイオイどこへ行く」と呼びとめられた。

「友達が東京からやって来るんで、迎えに来たんですが、まだ随分早かったもんですな。電車も通っていませんね」言って私はゴマカシた。

其の晩私はやはり、停車場の待合所に居た。十七位の腕巻時計をした青年と私は話した。

「君は東京へ帰るんですか。いつ来たんです」「きのう立って今朝来たんです」

「それに直ぐ今夜帰るんですか」

「ええ、僕は目的があって来たんですが、Nに芸者屋をしている親戚があるんで、俥《くるま》に乗って探したんですが解らないんです」

「目的があって来たんなら、ますこしこっちに居て、よく親戚の家も探したらどうです。僕も探して上げますよ。何んな目的なんです」

「少しお話しにくいですが、僕は役者になる決心で、自家を逃げて来たんです」

私は少年の美しい頬を見て、寂しい気がした。

「僕も家が無いので泊めて上げるわけに行かないがどこかの宿屋へ泊って、あした探したらどうです。親戚の人が役者になる世話をしてくれるんですか」

「僕は帰りますよ。お茶屋ですから、商売が役者に近いものですから、理解してくれるだろうと思って来たんですが、あなたも東京へ行かれるんですか」

「僕は何処へも行かないんです。僕は詰らん男です。こうしてね」

腰掛の背もたせの下の隙き間から、私は少年と背中合せに腰を掛けてる人のらしい風呂敷包みをヒッパッて、少年にふりむかせながら言った。

「此んなものを盗る事も出来るでしょう。僕はスリなんです。とって見ましょうか」

と小声で囁くと少年は、

「そんな事なさらない方が好いでしょう」と分別臭い事を言った。私は何にも碌《ろく》なものが這入っていそうにないので、それをとる事は止した。

一つ時して少年は切符を買って汽車に乗って了った。私は淋しくてこたえられなくなった。其の晩も私はお宮の軒下にねた。

×

私は一寸《ちっと》も図書館へ這入らなくなった。其のかわり電車に乗って好《よ》く停車場に出掛けた。

三等待合所のキタナイベンチの上で、雨の降る日に昼ねをするのも詰らない事ではなかった。

綺麗な年頃の女達が、大きいバスケットを真ん中へ据えて腰をかける。

暫らくすると片方の女は、

「私寸時《ちよつと》便所へ行って来ますさ、これ見とっとくんなはれや」言って、細い縮緬《ちりめん》の提げ鞄をバスケットの傍へ置いて出てゆく。

残った女は手帳を出して、何か書きつけたりし出す。

寝たまま私が手を伸ばして、其の下げ鞄を懐ろに入れても気のつくものではなかった。

があまり度々行くと、赤帽に顔を覚えられたり、入口に巡査も立っているので、私は或日そうたいぶりに図書館へ行ってみた。

此処も顔を知ってる奴が居そうで落ちつかなかったが、読みたい本もないので、二ツ三ツ新聞を覗くと外へ出た。半時間もすると私は橋の下を通って公園の亭屋《あづまや》のベンチに腰を下ろして居た。穢い印絆纏《しるしばんてん》を被た労働者が二人で話をしていた。

赭顔《あからがお》の目の縁の赤い首のずんぐりした方が盛んに浦塩の話をする。

「寒いにゃさむいや、手も足も腐って脱ちちまうからの、
うんなオロス達は酔っ払って、大道でもどこでもぶっ仆《たお》れて寝るだろう。すると毛の厚

い深い外套を頭から被ていても知らぬ間に手が出るんだ。伸《の》けぞり返って、翌朝目が覚めた時分にゃくさってるんだよ」

「何処の家だってお前、禁酒だなんて言ったって、床下一枚めくりゃちゃんと甘い酒が醸《つく》造れるように出来てるんだもの」

男は舌なめずりをした。

「俺がけえる前日、洗濯屋の親爺が殺されたがの、強盗だって自動車や飛行機でやって来るんだからたまらないや」

「夜往来の端でも一人で歩るいて居様もんなら、後から鋸《のこぎ》り鎌のような重い綱を首へまきつけられて、曳《ひ》き仆《たお》されるぞ」なんか言った。

×

一度K子に好く似た女を竹葉寺の山門のとこで私は見掛けた事があった。夏インバを着た紳士と女は羽織も着ずに大またで笑いながら竹葉寺の庭から出て来るところだった。

K子じゃないかと私の心は疑ったが、女は紳士の従妹らしくもなく、私の目は妾か何処かのお茶屋の女中かも知れないと見たのでそれきりだった。

或日の暮れ方、H河岸のとこを通って居て私は土左衛門を見た。

どっちが頭か顔か解らない程、皮がすりむけていて、真っ裸だったが、髪が短いので、それもまる坊主に大部分は脱けて居たが男だなと私は思った。

「金歯を入れているな。おいこうなっちゃおしまいだんな」などと、二人の人夫が冗談言で持って、壊れそうなセメン樽位の棺桶へ熊手見たいなもので引っぱり上げて押し込んで、上から頭を蓋でドヤシつけて、釘を打つと荷ってどこかへ持って行くのだった。

私は土左衛門を見たのは初めてだったので、あくる朝いつもの岩作と云うめしやで一膳めしを食ってる時も、思い出して胸が悪るくなって弱った。

×

それから十日程経った。或日私は停車場の中に居た。ずっと奥の方の腰かけで、両足を腰かけの上へ上げて、私は後むきになって出口の方の天井の隅に映る幻燈を見たりしていた。

福助の素顔や、南地の芸者や、花王石鹸の広告など、次々に映るのだった。田舎者らしい婆さんも、大きい信玄袋に凭れて、面白そうに見ていた。

発車の笛が鳴って沢山の人が吐き出されると、大勢の人が忙しそうに這入って来る。何時《いつ》も一杯になって、雑踏の渦を巻いている。みんな話をしたり動くのが当然のように動いている中に私丈《だけ》が横から見ているような気持だった。が私も時々時刻表の前へ立ったり、売店で煙草を買ったり、偶《たま》には私の隣りに来て、新聞を拡げたりして居る紳士に話しかけたり、そうして工合好く渦の中に混じっていた。

　一人の凄い男。

　其れはセルの単衣を着た、眉毛の薄い、先刻から、私のならびの一つ置いた腰掛の上へ長くなってねていたのだった。

　男が前を通って、柱時計の下の台に向って歩るいて行くのを私は見逃さなかった。

　細引でくくった行李《こうり》の上に、小さい新聞包と、風呂敷包とが載せてあった。

　私の来た時からあるのだが、誰も触らない様だし、私はあの男ののかなと其の時思った。

　男は二つの包みを両腋にかかえると、徐《しず》かに入り口の方へ出て行って了った。

　それから暫らく経って、丁度東京行きの急行が着いて、駅夫が呼んでいる時だった。

　水色の背広を来た男が、急に時計の下に来てキョトキョトしだした。

　台の下を覗いたり、行李の向う側を見たりしていた。先刻の包みを探してるのだと私は直ぐ思った。

　軈《やが》て男は赤帽に何か言っていたが、赤帽が笑い乍ら向うの方へ行ったので忌々しそうにステッキを振って、改札口へ駆けて行った。

　私は鳶に油揚を攫《さら》われたような気がしていた。

　あの眉毛の薄い男、――

が驚くじゃないか。

私が出口の方をふりむくと、男はちゃんと元の腰掛に両足を上げて、掛けている。

私は顔を好く見た。

やっぱりちがいなかった。

私は男に近寄って、

「冗談じゃないぜ」

言い乍ら、直ぐ傍へ引っついて腰を下ろした。

男は吃驚《びっくり》したようだったが、而《しか》も鋭い目で私を見返した。

男の肩に手をおいて、私は、

「怒って居たじゃないか、俺の先に失敬しやがって、何だ中は、菓子だろう」と小声で言ってやると、男は薄笑いして、

「うん飢《ひも》じかったんでのう」言い乍ら、ふところから芋のような西洋菓子を出して、私にくれた。

男は便所の中で半分平げたと言ったが、五つ六つ食うと私も腹が膨れて了った。

それから後、私が停車場へ行くと、大概其の男に遇った。

「昨日鞄をかっぱらったら中に写真機があっての」

とか

「バスケットの中、粟おこしばかしで、河の中へ放った」とか、

「やっぱし大事なものは気をつけているでの」とか私に話した。スリをしたり人殺しをしたりする人間はみんな単純で正直で私みたいだと、私に思わすような男だった。

×

Uと云う東京の牧師が、北野のメソジスト教会で説教をやると云う立札を見て、私は聞きに行った。

基督《キリスト》降臨の何とかに就いてだった。小さい教会であんまり人は来ていなかった。

U牧師の目は牛の目のようだった。

私は感動して、基督降臨は尤《もっと》もだと思った。

何《ど》んな奇蹟が起るかも知れない。国の母にもK子にも手紙を出そうと考えたりさせられた。

しかし牧師が説教を終って、壇を降りて信者の人達と握手をしたり、殊に女の金持の寡婦らしい信者とする其の如才ない応対を見ると、何故だか幻滅を感じたのだった。

熱がだんだん下って来るのがわかった。

私は仕方ないと思って教会を出てホットした。

×

それから二十日ばかり経って私は四千円ばかりの神聖な金を自分のものとして眺める事の出来るような事が起った。

それで間もなく私は朝鮮へ渡った。

今では豚と鶏を飼っているので、私は毎日豚の肉と鶏の卵を食っている。

ダダイストの睡眠

×

私は便所の扉を開けたのだった。

誰も這入って居ないのかやすやすと開いた。

もちろん公園の夜はまだ賑やかだった。

私が扉を開けた拍子に、

私はふらふらした。女の乳に吸い付く様に手を伸ばすと、女が「キャアッ」と叫んだ。

薄穢い女だと思うと同時に私は一歩便所の中へ踏み込んでいた。

すると男が後から飛んで来て、矢庭《やにわ》に私の横面を厭と言うほど五つ六つ平手打を食わした。

私はただ茫然していた。眼鏡も何処《どこ》かへ割れて飛んで了《しま》った。

「しゃら臭い真似をしまんな」

斯《こ》う言うと男と私は組み打をする訳にも行かなんだ。男は女の亭主らしかった。

人が多勢集まって来て、

「スリだっか」

とか何とか勝手な下馬評を初め出して、散々《さんざん》に擲《なぐ》られそうなので、私はめがねを探すことも出来ず、顔を見られない様にコソコソと其処《そこ》を逃げたのだった。

×

Mと言う子爵か公爵の兄貴が外交官をして居る、その弟で、小説家だとか聞いた事のある名前だったが、新らしき村を拵える為に態々《わざわざ》、東京から京都にも寄って演説をした。今夜は土佐堀の青年会館でやると言う新聞の広告を見て私も出掛けて見た。

M氏が出るまでに「私は鍬を持って働く百姓の方では自信がある」とか何とか、

「列車の番号が極って四六九八で、私が停車場へ行ったら、人が轢かれて死んで居た」とか言った様な事を二三人出て、代る代る話した様だった。

私は都合に依ったら、M氏に逢って金を融通して戴こうと思って来たのに、退屈した。

M氏は寄附を募る事が、よっぽど好きな人の様に私は感じさせられた。

M氏は此んな事を言った。

「他人を犠牲にする事をより少くすると同時に、自己を他人の犠牲にする事もより少くして、私達はなるべく自分に必要な事は、自分でする様にして、他人をわづらわさないでも生きてゆける様な時代が早く来る様に努め様と思います。そうした試みを企てても好い時代が現に来て居ると信じて居ます」

それから演説の途中で、口を噤んで了《しま》って、
二十分も黙って居てから、

「私は自分の言って居る事が、何だか、蓄音機の様で、みなさんの中に一人でも、私の気分のピッタリするのを妨げられる方があるとお話しが出来ないのです」と言った。

私はピッタリとM氏の言う事が頭に這入らなんだが、十一時頃に閉会になって、一番後まで残って、外に出ると、M氏が細君らしい女と、通りにあって、連れの出るのを待っていた。

話すのなら今だと私は思った。

「僕はめがねを割って不自由なのですが、あなたの掛けておられるめがねを、私に下さるか、私は金がないので、めがねを買う事が出来ませんので」

斯う言って、M氏が応ぜなんだら、飛び付いて、私よりもM氏は背が高いので、めがね

の蔓を引つかんで、とって逃げてやると考えたのだが、其の中《うち》にM氏は、車に乗って行って了った。

私は何《ど》うする事も出来なんだ。

青年会館の横わきの、板塀で囲った所に錠が掛かっていたが、しばらくして人がみんな帰って了ってから、私は其の錠前を強く押すと釘が抜けて開いたので、中へ這入った。

大八車が一台置いてあるきりだった。

私は其の夜は、そこで眠った。

×

次の日私は、市中の或る神社の境内で、腰の折れた婆さんが、麦茶の接待をしている傍の、広い涼み台の上に寝転んでいた。

広い鍔《つば》の、何時も私の被て居る帽子を、顔の上へのっけて、子守や娘や子供が、大勢騒いでいるのを、夢の様に聞いて居ると、知らぬ間に眠って了った。

目を覚ますと、私と一緒に横に休んでいたのか、地下足袋を穿いた男が起き上って鳥井(ママ)の方へ行った。

私は矢張《やはり》凝乎《じっと》していた。最《も》う寝るのも飽いたので、私は欠伸《あくび》をするため肱を突っ張ったのだ。

大きい縞の財布。今の男のに違いなかった。私は婆さんに見られない様に、それを懐へ入れた。而《そ》して男が引き返して来ない中に、同じ鳥井の方から境内を出た。

「何とまあ、幸運が、天から降って地から湧いた様に、私に恵まれたのだろう」

私はセリフでも使いたいような気になって、直《す》ぐ其処《そこ》の洋食屋に飛び込んだ。

×

私は或時は非常に腹が減っていた。

殆んど四日ばかりも飯を食わない事があった。薄暗い夜明け方、図書館の石段を下りる時、上半身が、へとへとになった腹をへし折って前へのめりそうだった。

白い靴をはいて、夏帽の軽そうな男や、涼《すず》しい女が朝の公園を元気そうに、飛びまわって、散歩しているのを、私は腰掛けにぐなぐなにへたばりついた儘《まま》、恨めしそうに見て居るのだった。

恋は贅沢だと心から思われるのだった。

砂が這入っていて噛めないので、吐き出した御飯でも構わない、私に投げ与えてくれれば、一人の女の肉よりも、私は何《ど》んなにも嬉しく喜ぶのだと思うのだった。

が何んな場合でも、気を落としてはならない理由は、気一つで起ち上って道頓堀へでもふらふら彷徨《さまよ》ってゆく事が出来るからだった。その日私は道頓堀の或る鰻屋へ這入った。

忙しい扇風機のそばへ腰を下ろして、私は鰻の丼を二つ食って了った。

隙を見て私は、一銭もない財布を持った儘、釣銭を勘定する風をしながら、落ちついて其処を出た。

×

公園のベンチに腰をかけていると、橋から降りて来た三十四五位の絽《ろ》の羽織を着た男が、私の前に立止った。

そして小声で、

「一寸《ちょっと》僕について来てくれたまえ少し要事があるんだ――何、僕は警察のものだがね」と言った。

私は冗談だろうと思って凝乎《じっと》して居たが、男があまり真顔なので、

「用事なら此処でも済むでしょう」と言ってみた。

けれど男が「君の為だから」と言って聞かないので、遂々《とうとう》ついて行く事にした。

二人の労働者は、話を止めて怪訝そうに見ていた。

すると、も一人若い男が、私と同じ様についてゆくのだった。

「斯《こ》うして歩いてりゃ、君がまさか拘引されると思うものはないよ」と男は言うのだった。

私は、やはり嘘だろう、何処か面白い所へ連れて行くのかも知れないと思いながら歩る

いていたが、電車路を横切ぎって河沿いに二三丁も行くと何時《いつ》の間にか、高い煉瓦建の警察の前へ来ていた。

男はつかつかと石段を踏んで、中へ這入って行く。私は逃げる事も出来ないので、やっぱり後からついて行くと、男は帽子を脱いで大勢居る中の署長か何かに、お辞儀をした。

そして其処へは上らないで、土間伝いに奥へ這入って、六畳位の穢い部屋へ私達を連れ込んだ。

「刑事の溜りだな」と私は直ぐ思った。

色の褪めた鳥打帽や半纏や、色々な帽子が、一方の壁の釘に掛けてある。

昔の寺子屋に使っていた様な机の前に、髯を生やした一人の刑事が座って、其の前に畏まって居る三人の、これも私と同じ様に引っぱって来〔た〕らしい男の姓名や住所を聞いて、一々《いちいち》罫紙に書き付けていた。

「お前の足袋を脱いで出せ」

刑事が言ったので、私は足袋を脱いで、一方の隅に座った。

「署長は博奕犯さえ上げりゃ、好いと言うんやろ」

刑事同士で、此んな会話をささやき合った後、私を連れて来た刑事は、も一人の男を別の室へ連れて行って、訊問して居るらしかった。私は暫らく待って居たが、三人の男が、一人一人、「酒はのむか」とか、「博奕《ばくち》は何時から打ち出したのか」とか、「お前は二年前に一度入獄したのだな」とか言われたりするのを、仕方なく聞いて居た。

二十分ばかりすると、先の刑事が来て私を呼んだ。

重い扉を押して這入ると、卓子《テーブル》があって、椅《いす》が二つ置いてある。私と刑事とは向い合って掛けた。

刑事は先ず足袋から初めた。

「此のお前の足袋の裏を見ろ。当り前の道を歩いたんなら、斯んなに汚れる筈はないじゃないか」と言った。

私は態《わざ》と泣き出しそうな声を出して、

「私は少し脚気で、足が充分でないものですから、時々下駄が脱げたりしますので」と言った。

而《そ》して刑事の硯箱の隣りに、変な恰好の白い花瓶が置いてある其れに差してあった、枯れて茎ばかりの何かの草を見ていた。

「嘘を吐け」刑事は怒鳴ったが、懐ろから紙を出して、其の上へ私の住所姓名本籍を記入しだした。

「此のお前の居る所は、お前の叔父さんだな。其の洋食屋を出てから、お前は何もしていないのだな」と問う。

それから筆を措いて、

「嘘を言ったって駄目だぞ。お前が何も殺人や強盗犯だとは言わないが、此んな足袋を穿いて居て何をしたか、お前の顔を見りゃ直ぐ解る。お前の持って居るものを皆出して見ろ」と言った。

私は財布や、鉛筆差しに差してあるナイフや、時計をも出して卓子の上へのせた。

刑事は傍へ寄って来て、私の両方の袂を探ったりしたが、外に何にもなかったので、軈《やが》て財布をとってあけた。

中には五十銭銀貨と、一円札一枚と、銅貨と、私の小さな認めしかなかった。

次にナイフを抜いて、少し錆びた刃を、掌に当てたりしたが、時計を持つと、

「掻《か》っ払《ぱら》ったのだろう」

蓋をあけて見て、

「金鍍金《きんめつき》じゃないか、盗ってからナイフで削ったのだな」私を睨んだ。

私は少しあわてたが、

「私の兄貴に国を出る時貰ったので、悪るいので元から剥げていたのです」〔と〕言った。

刑事はまた怒鳴った。

「嘘を吐いたって駄目だぞ
お前は泥棒したろう。沢山の人の中から、俺が怪しいと睨んだのに間違いはない。

お前が小さい時から泥棒だったとは言わないが、大阪へ来てからやったろう。

お前のやった事を言って見い」

私は涙が滲んだが、俯向いて、頭を下げた丈《だけ》で黙って居た。

「誰だって捕えて来て調べたら、悪るい事をしないものは一人もないのだ」

私は何か一つ丈言ってやろうと思った。

それで、

「国を出ますとき、少し借金がありましたので、夫《それ》で母にも黙って大阪へ来たんですが、
何日《いっ》か金を儲けたら送ろうと思っておりますので」と言った。

「うん、
大阪へ来て何かやったろう。言って見い」

「いいエ、何も叔父の厄介になって居ますので、近い中に何処かの会社にでも、雇って貰
う考えでおります」

私は刑事の腕組をした顔を覗き込む様にして言った。

刑事は落胆した様だった。

暫らくして、

「夫じゃ、今日だけは放免してやるから帰れ。叔父の家だなんて、嘘だったら、許さないぞ」

斯う言って財布や時計を、私の方へ還してくれた。

私は嬉しかったが、足袋を持ったまま、刑事に礼をして、態々《わざわざ》悄然として其処を出た。

椅子に掛けたまま刑事は動かなかった。

×

十日程経った。私は叔父の家へ行って見様《みよう》と思った。もう昼過ぎなので、叔父は会社へ出て留守に違いなかった。

私が田圃《たんぼ》の小径を通って、黒い板の裏門の前まで来ると、叔父の二番目の男の子が遊んで居た。

「達ちゃん、母ちゃんは居るか?」と聞くと、

「母ちゃん居ない、死んだ」

斯う言ったきり、走って行った。

伯母さんは私が居た時分、産後の脚気で、水道の栓を捻じるのさえ、大儀そうにして居た事はしていたが、真当《ほんとう》だろうかと思ったので、私は門をくぐって、戸口に立った。

誰も居なかった。

戸をあけると、格子の内ら側に、牛乳瓶が二本置いてあった。

私はそれを袂の中へ入れて外へ出た。

「みんなボロリボロリ死んで了う」

そのままかえり掛けたのだった。

何処《どこ》かの工場の裏の、石炭殻の積んである掃溜の様な所まで来て、傍の草の上へ座って、あおむいて夕焼雲を見乍ら、二本とも飲んで了った。

濁った前の泥溝下水に、牛乳瓶を投げ込むと、すぐ沈んで了ったが、軈《やが》てゴブゴブと泡を立てて居た。

×

公園の柵に凭《もた》れて、河の水を見て居る女が居たので、私も三尺程離れて柵に凭れて、其の女の顔をうかがった。

月のない或晩だった。

束髪に結った女の顔は小さかったが可成《かなり》ととのっていた。着物はあまりケバケバしたものではなかった。

私は段々と傍へ寄って、女の手の甲の上へ手をのっけても、女が凝乎《じっと》として居るので、私は言った。

「何を見てるの」

女は薄笑いした様だった。

「こっちへ行きませんか」

私は女の肩へ手を廻して、引っ張る様にすると、女はたやすく動いた。

なんなく私は、女と一緒に手を引き合う様にして、胸ぎり位の何かの綱が張ってあった様に思ったが、それを飛び超えて、二人で図書館の横わきの、板囲いの中へ這入って、石の上へ腰を掛けた。

女は拒む様な事を少しもしなかった。


追っかけても来ないし、金をくれとも言わない淫売があるだろうかと私は思った。それに一口も物を言わなかったのが不思議だった。唖だったのかも知れないと私は思った。

「何《ど》んな風をして居るか、最《も》う一遍行って見てやれ」と思って、私は引き還して元の場所へ行って見ると、もう女はそこには居なかった。

私は心残りだった。

何にも其処には落ちて居なかった。

夏も終りになって、秋が近づいた公園の夜は大分更けていた。
私は石段の上にねて、其の夜ほどK子を恋しく思った事はなかった。
郷里の事が懐しまれて、無性に淋しかった。

焔をかかぐ

私は遂々《とうとう》剃刀《かみそり》を出して、下のが傷まない様に下へ原稿用紙の書き腐《くさ》しを敷いて本の綴じ目から工合好く一枚丈を切り取った。而《そ》して其れを床の正面の壁へ針で留めて掛けた。私はKが明日でもやって来るのが待たれなかったのだ。無断で斯うして剥ぎ取る様にしなくても、言えば呉れるに違いないとは思ったが、若し厭そうな顔をしたらと云う気が、心の底に動いていたかも知らない。私は最《も》う仕方がないと吐き出す様に言って、やっと自分のものにした様に、其のグレコの画《え》に眺め入った。

　脚が痺れて了ってるのに、私は此の間から又臭い鼻汁《はな》が出だして、本も読めないので、夫《それ》でKが持って来て貸して呉れたのだった。私は外の細緻な基督《キリスト》伝説の画などは見ても解らないし、聖《さん》シモンや聖バルトロメオの肖像などもあったが、それから去勢僧の様に萎《しな》びて恨めしそうな目をした或る若い男の、半身像などよりも、此の絵に繰り当った時、心臓を衝《つ》かれた様な気がした。私は吸付けられた様に二十分余りも目を据えて見ていた。

すると去年の春大阪の中之島の図書館の窓から得た情景《しいん》が、何故か換想されたのだった。電燈が点《とも》ってから、川向うの電車の音が、淡い靄に包まれて快く響いて来る。何気なく下を見ると、穢《きたな》い麦藁帽を被った男が、俯向《うつむ》いて提灯に灯を点けていた。冷い絹糸の様な雨が煙る様に降って居て、堆高《うずたか》く荷を積んだ馬が、穏なしく前足を揃えていた。其の雨に濡れた黒い二つの耳がぴくぴく動いていた。

唯之丈《これだけ》だが、何処か之丈を濃い青色の枠に容れて劃《く》ぎった場合、夫《それ》から得《う》る感じは矢張《やはり》此の絵と同じ様に思う。

此の絵の猿と、右端《うたん》の活劇に出る悪漢の様な男と、真中の小さい棒を持って蠟燭の芯を剪《き》って居る男の済ました口付と、而して其の蠟燭の白い光に、横顔や胸の辺りを照らされて居て、一見如何にも毒々しい印象を与えるが、全体が黒闇《こくあん》の中に、其の焔の先に、三つの者の凝視が融け集まって描かれた寂しい人生の一劃《いっかく》に、弱い乍《なが》らも強い愛の匂が漂うて居る。

私はあの長いドストエフスキイの傑作を読む以上に、それ程の根気と倦怠を費さないで、首を捻じ向ける丈で、其等を味い其情感に浸る事が出来る。何と云う喜びだろう。狭い六畳の暑苦しい部屋に一日閉じ籠って居て、一歩も外へ出る事の出来ない私に取って何と云う慰籍だろう。

之から先も何時迄続くか知れない無味単調な生の糸を、何うして断ち切ろうかなどと、時には殆《ほとん》ど狂暴に近い絶望に襲われる其時に此の画を一瞥した瞬間、何んな力を私に注いで呉れるか。生か死か何方《どちら》にしろ私の空想を燃やし、私を何方か一方のドン底へ引き摺り込んで呉れるに違いない。

私は押入から枕を出して、両足を床の上へ投げ出して、寝転び乍ら何時迄も其の壁の画に見惚れて居た。遠い過去の追憶が、独りでに解《とき》ほぐされる様に浮んで来る。

細い際限の無い街道が、夫は遠い海の向う迄も、或《あるい》は頭上の星の世界迄も、続いて居るのだろうかと思われて、私は足の豆の痛みにやっと父の袂にすがる様にして、母の里のU町迄歩いて行った時の事、夏だったので態《わざ》と夜道を選んで、時々《ときどき》白い埃を蹴って来る勢の好《よ》い魚売などに出逢い乍ら。或《ある》芝草の生茂《おいしげ》った山の根に沿うて黄色い鬼火の様な光が、行く手に明滅して見えた時、私は恐ろしさに父の手を何《ど》んなに固く握り締《しめ》た事か。而して無言の儘《まま》、其の傍を通る時、其れは好く蹇《あしなえ》が乗って引かれて来る様な、箱車の中から洩れて出るカンテラの光だったが、不図《ふと》見ると其処の泥溝《どぶ》見たいな水の落ちる所に、一人の裸形《らぎょう》の男が手拭を持って突っ立っていたのだった。「乞食が行水して居る。」父の言った言葉迄私は明瞭《はっきり》思い出して居た。自然の静寂、無為、休止と言った風な、今の私の求めて止まない尊い境地を、彼等は本当に孤独な、微《かす》かな、燻《くすぶ》りきった生の焔をかかげ乍らも、得て居るのだ。唯僅《ただ》かに芸術を通して私は其等の匂を嗅ぐ丈ではないか。

「海月打《うち》つけて桟橋の師走の灯《ひ》」古い『海紅《かいこう》』に出て居た碧師の煤《すす》どい句を、私は知らぬ間に口に出して言って、茫然《ぼんやり》グレコの画を見上げた。真中の男の肩に掴《つか》まった、空洞《うつろ》の様な、猿の二つの瞳の底に、其処《そこ》からは掘っても掘っても尽きない深淵を思わす無限が潜んでいる様だ。

解説

3 いま高橋新吉をどう読むか

新吉はやはりダダの頃が一番いい。新吉の狂気はダダとともにあるときが一番いいのだ。ダダは意味や全体といったものに抗う。常識や倫理、権力、制度、さらには美や完成度といったものも真っ向から否定する。このような抵抗のベクトルとしてのダダと結び合った瞬間、新吉の狂気は抜群の威力を発揮しはじめる。

日本において誰よりも早くダダイズムをものにした「発狂詩人」高橋新吉は、詩はもちろんのこと、物語においても「鬼」となる。狂気が露出してくるような場面や状況などを新吉は「騙り」つづけるのだ。本書がおもに新吉の短篇小説を収録するものとなっている理由もそこにある。これまであまり指摘されてこなかったが、新吉は、詩のみならず、晩年にいたるまで短篇小説を書きつづけた。テーマは一貫して「狂気」である。「狂気」をひたすら語りなおすそのプロセスそのものが、新吉の新吉たる所以かもしれない。

ただ、そうはいっても、新吉の書く短篇小説は、今も昔も文壇からはほとんど見向きもされない。特に戦前のものは入手するのも困難なほどだ。それもそのはず、先に触れておいたとおり、新吉が戦前に書いた短篇小説のいくつかは、いわゆる文芸誌に発表されたものではなく、『相対』『変態心理』『脳』といった性科学や精神医学の専門誌に投稿されたものだったからである。そのような短篇小説には『高橋新吉全集』（青土社）未収録のものも多い。

今日においてもなおダダイスト新吉が彼の「顔」であることは間違いない。とはいうものの、ダダの時代は彼の足跡のほんの一部にすぎなかった。新吉にはさまざまな「顔」があるのだ。新吉を「ダダ＋α」として捉えるために、これから一九三〇年代以降の彼の足跡について簡単にではあるが見ていきたいと思う。この時代、新吉もまたマクロな狂気と無関係ではいられなかった。マクロな狂気といっても、それをそのまま描出することはできない。ただ、その部分的な要素に着目することで、そこに働く巨大な力に思いを巡らすという形なら可能かもしれない。一九三〇年代以降、新吉の狂気がその後どのように展開したのかを確認するために、ここで注目したいのが、彼も一九三五年の創刊当初から同人となった詩誌『歴程』である。表現の自由が失われつつあった時代に、『歴程』の同人たちはマクロな狂気にどう立ち向かったのか。まずはそのあたりから見ていきたい。

一九三五年五月一日、『歴程』第一号が歴程社より刊行される。このときの編集兼発行人は逸見猶吉で、同人には菱山修三、岡崎清一郎、高橋新吉、尾形亀之助、草野心平、中原中也、宮沢賢治、土方定一らが名を連ねている（ただし宮沢賢治はこのときすでに他界していた）。その後しばらく第二号は出ず、翌年の三月に、改めて「三月創刊号」として刊行され、高村光太郎、吉田一穂、松永延造、菊岡久利らが同人として加わっている。この「三月号」は二月二十七日印刷、翌月五日の発行なので、二・二六事件直後のことだ。「四月号」発行の後にまた休刊状態となり、一九三六年十月に、草野心平編集のもと、みたび「創刊」されることになる。仕切り直しということだろうか、扉には「一」と番号がふってある。尾崎喜八、田村泰次郎、河田誠一、藤原定、宍戸儀一、山之口貘らがあらたに同人として加わった。ただ、混同を避けるため、一般的には一九三五年五月創刊の『歴程』を第一号とし、その後のものを通し番号で示すことになっているようだ。ということはつまり一九三六年十月草野編集による『歴程』は第四号となる。つづく五号の「時評」において、創刊時の同人のひとりである菱山修三は、この時代の詩の現状を次のようにまとめている。

本意は必死に詩を書く人がいなくなったのであろう。そうして又世間が詩を必要としなくなったのであろう。だから、大きく云って、現代に必要なのは詩じゃなくて詩人だ、という尤もらしい逆説も出て来るのである。どうやら世間というものは人を生きながらに殺す。当世では詩人を生きながらに殺す仕組になっている。しかし、星辰のあるかぎり、人間に意識の怪物が纏綿《てんめん》するかぎり意識の神話が絶えないかぎり、詩は形を変え品を変え、意味を変えて進むことを歇めないだろう。だからこそ、実はそのために、多くの詩人は死ななければならぬ、生きながら死ななければならないのである。

詩の言葉を必要としなくなった「世間」に詩人は抵抗しなければならない、と菱山はいう。翌年、盧溝橋事件を機に日本と中華民国とのあいだで戦争が勃発する。菱山のような詩人たちの思いを嘲笑うかのように、さらに一九三八年九月、近衛文麿内閣の推進する国民精神総動員運動のもと、文学者の徴用がはじまる。それまで、直接的な形で「国家」に必要とされることなどなかった文学者たちがまさに青天の霹靂、内閣情報部から呼び出しを受け（実際は菊池寛からの速達という形で）、漢口攻略戦従軍を条件に優遇を受けるようになる。いわゆる「ペン部隊」である。「国民精神総動員運動」は「挙国一致・尽忠報国・堅忍持久の三目標をあげて、国民精神作興を実施」したもので、「貯金・献金・贅沢廃止を唱えて、国民を長期戦体勢に総動員」するものであり、「ペン部隊」の徴用もまたその一環だった（櫻本富雄『空白と責任――戦時下の詩人たち』未来社、一九八三）。

　こうして次第に徴用作家の書いた戦争文学が文壇におけるひとつの大きな潮流になってゆく。「ペン部隊」の書いた小説を通して従軍体験の実態が明らかになり、それによって読者らは前線の兵隊に対して感謝の念を抱くようになるのである。このような同時代の動きに対し、『歴程』の同人たちは当初、批判的な構えを見せていた。『歴程』第八号（一九三九年九月）「赤鉛筆」において、編集兼発行者である三ツ村繁蔵は次のように述べている。

　歴程には所謂《いわゆる》戦争詩がないという言葉を聞いたが〔……〕私はジャナリストではないのであるから、このような大事なことを強制したり、取引することは出来ない。また、艶歌師のように簡単に応じる者もある筈はない――といって、時局に冷淡であるという事にはならない。その反対なのである。父母を共に失った直後《ちょくご》、身代わりのようにして少ない兄弟の一人を戦場にやり、多くの知人を送り、親友を戦いに失った自分が、流行歌を唄うように、これ等の人のことを祖国を歌っていいものか、むしろ今、自分は唇を噛んでいるのだ。

単に流行派に便乗することなれば容易なことなのだが、真実に考えるとそんなうすっぺらなことで日本の事を云いたくはない。

「戦争詩」をめぐる同時代的な言説に対する違和感は、『歴程』同人たちのあいだにも潜在的なものとしてずっとあったのだろう。この時点ではまだ粉砕されずに残っていた詩人たちの批判精神の表れというふうにもとれる。実際、『歴程』同人たちのこのような批判精神は、一九三八年十一月、萩原恭次郎の死をきっかけにまとまった形で表出されることになる。

『赤と黒』創刊に携わり、自らも詩集『死刑宣告』（長隆舎書店、一九二五）の出版によって名を馳せたこの詩人を偲び、近代文学研究者である伊藤信吉と詩人の菊岡久利が『歴程』七号（一九三九年七月）にエッセイを寄稿している。十七歳のときに近所に萩原が住んでいると知った伊藤は、詩人の家を訪問し、のちに『死刑宣告』として実を結ぶ詩篇の数々に触れてその理解を超えた「異様な詩」に圧倒された、と当時を回想する。同じく菊岡は「勘定してもわかるように、詩人を語ることは死人を語ることだ。いい詩人は薄命に死んでいく」と述べている。さらにアナキスト詩人の岡本潤も『歴程』十号（一九四〇年一月号）に「萩原恭次郎断片」というエッセイを寄せている。同年十月には『歴程』同人らが『萩原恭次郎詩集』（報国社、一九四〇）を編纂しており、萩原恭次郎追悼という意識でもって『歴程』の同人たちがこの時期、繋がっていたことはたしかだ。

萩原の『死刑宣告』が出版された一九二五年の時点で「人情や常識の世界から先ず放たれて、腕を組んで、彼と共に裸踊りを踊らずばならない」とめずらしく連帯の思いを寄せていた新吉が、萩原の死を悼む『歴程』同人たちの思いをまったく意識しなかったとは考えにくい。しかし、この時期の『歴程』を読むかぎり、萩原の死に対して新吉は反応を示さなかったようだ。むしろ、同時代的な言説からの離脱を試みているような詩篇を新吉は書きつづける。岡本潤が「萩原恭次郎断片」を寄せた同じ号に、「乱費」と題する新吉の詩が掲載されている。

大いなる乱費の好ましき哉
太陽の下に乏しきものは有らざるなり

新吉は、一九二二年の発狂事件や一九二八年正眼寺における発狂体験、あるいはそのような自らの分裂症的な気質を「超越的な語り」の発生源と見なしていた。これは本書所収の「預言者ヨナ」にも見られる傾向である。特に正眼寺における発狂から数年間、故郷愛媛に引っ込んでいた（とされる）新吉は、『歴程』の同人として、あるいは小説『狂人』の出版を機に、ふたたび文壇に姿を現わすようになった。自らの「発狂体験」に依拠しながら、これまでも超越的な語りを前面に押しだす形で、ものを書いてきた新吉だが、その後も引きつづき晦渋な表現を駆使しつつ、特異な詩的空間を築きあげていく。とはいうものの、この時期の新吉は「わからなさ」を隠れ蓑にして、同時代的言説から距離をおこうとしているようなところもある。ただ、このあと、新吉ですら同時代の潮流を意識せざるをえなくなる出来事が生じる。『歴程』同人たちの事実上のリーダーである草野心平が南京へ徴用されてしまうのだ。

萩原の批判精神を大切に思う気持ちが『歴程』同人たちにはたしかにあった。しかし、当時の詩人たちは、抵抗か迎合かという二者択一を迫られていただけでなく、端的にいうと、戦争に行ったか行かないかという線で分けられてしまうことも多かった。一九四〇年七月発行『歴程』第十二号に、詩人の山本和夫が寄せた「詩学辞典が欲しい」というエッセイに次のような一節がある。

戦争に行かないものは、「万歳」は「いやさか」という意味とはちがった「ああ勇しい」に近い意味であり、「勝った、勝った」という意味くらいに、おおまかに考える。ところが、野戦にあると、そんなおお雑破なものでなくなる。すべての言葉を絶した時の「噫」にもなれば「勝ったぞ」という意味にもなれば「ああこの悲しみを神よ聞き給え」という、勇しいとは反対の言葉にもなる。こういうことは、戦争に行かないものには、全く理解されないかもしれないんだが、私はいろんな意味の「万歳」を聞いた。

このような戦争体験の有無をめぐる議論は、銃後の作家に、ある種の「後ろめたさ」のようなものを強いることになる。草野心平が南京政府宣伝部顧問として家族とともに南京へ渡ったのはちょうどこの頃である。草野心平といえば、『歴程』草創期から奇抜な表現でもって同人たちを鼓舞してきた詩人だ。一九四〇年十一月発行『歴程』第十三号の目次の後に、花束を抱えた草野が東京駅に立つ写真（土門拳撮影）が掲載されている。そこに写る草野ははにかみながら皆の送迎に応えている。以後、草野は『歴程』に「南京通信」を寄稿し、「外地」における近況を報告する。ちなみに草野の写真の隣のページには「落葉」と題する新吉の詩が見えている。

痰を吐くと落葉の上にのって
落葉は一米ばかり動いた。
月はたしかに此れを見ていたであろう。

先に引用した詩と同じく、超越的な「高み」からの視点（「月」）を想定した上で、独特な「わからなさ」を展開する詩である。

草野が南京に渡った頃から『歴程』の同人たちもそれぞれ「報国」の思いを語りはじめるようになる。そのような状況のなか、新吉はここでひとり飄然と東京を去り、全国に点在する神社を訪ねてまわるという行動に出る。草野の南京行きが新吉の行動にどの程度影響したのか定かではないが、とにかく放浪の身となって訪ねた個々の神社について短いエッセイを書きはじめる。そして訪れた神社の由来、祭神、そこで執り行われる祭事、あるいは神社までの道のりや風景などを書き記したそれらのエッセイの数々を、のちにまとめて出版する。それが『神社参拝』（明治美術研究所、一九四二）である。神社をめぐる新吉のこの旅は、自らの詩の根源を支えるあの独特な「わからなさ」、さらにはそれを俯瞰する超越的存在に思いをめぐらせる旅だったのかもしれない。

新吉の話はひとまずおいて、草野の南京徴用の話に戻ろう。この草野の徴用に同調する形で『歴程』の同人たちがにわかに「報国」への思いを積極的に語るようになった。草野に対する憧れや妬みがあったのかもしれない。『歴程』十三号の「鬼区」には、「草野心平を送る」というテーマで同人たちがそれぞれの思いを寄せている。小野十三郎は、「ラベルを一ぱい貼ったチッキの大鞄を受けとって、今度はそれを船に廻す手続などをしている心平の動作はさすがに旅馴れていて一寸《ちょっと》うらやましかった」と打ち明ける。藤原定《さだむ》は、南京の草野心平や大連の土方定一と東京にいる自分とを比較して「僕は南京へ行った草野君がやっぱりいちばんいい道だと思う」と述べ、「僕もなるべく早い機会に支那の心臓部へ体を埋めてみたいと思っている」と自らの思いを語った。「外地」での文学者の活躍が銃後の作家の態度に与えた影響は大きかったのだ。こうして詩人たちは、日常を越えた「より大きなもの」と一体になる形で発言するようになっていった。『歴程』第十六号（一九四一年九月）の「南京通信」では、草野心平が銃後の作家たちに対して次のように語りかけている。

> 政治よりも日本を愛すること、そこから再出発すべきなのだ。その自然さからヨクサンすること。だまって歩いていてそれがヨクサンになっていること。日本自体は永遠を忘れる程ケチ臭くはない。永遠を忘れているのは文学を書いている者などに沢山いる。大きな歴史を忘れて、ポツンときのうときょうの分だけを大根切りして、それに眼の色変えて喰らいついている図なんかは男子一生の風景ではないだろう。

徴用作家の言葉が重要性を帯びるようになると、銃後の作家もまた慎重に言葉を選ぶようになる。『歴程』の同人たちの意識に、もはや「抵抗か迎合か」という二者択一はなかった。「戦争へ行ったのか／行かないのか」という暗黙の権威づけがなされるようになったのだ。そのような「戦争へ行かない」者の「後ろめたさ」につけ込む形で「文芸報国」の体制が次第に詩的言語を回収しはじめる。その回収を徹底化するために用いられた装置がラジオだった。ラジオは一九二五年に本放送が開始されていた新興メディアであり、戦時下にこそその威力を発揮した。

『歴程』の同人たちは、もともと前衛的なものに対する憧憬や意志をその出自に持つ詩人たちであった。自らの特異性を競い合うかのように、新しい詩のあり方を模索していた詩人たちは、そのような思いで書いた自らの詩を世間に喧伝したいという欲望を程度の差こそあれ、みな内に持っていたはずだ。ダダを喧伝するといって世間を賑わせた新吉などはその典型である。そこに草野心平のような「国民から必要とされる詩人」という新しいモデルが現れ、他の詩人たちのあいだでも次第に「報国」の意識が芽生え、やがて『歴程』同人たちも「超個人的なものに衝突し散華し超個人的な美に包含されることを希求する詩」を求めるようになっていく（大江満雄「歌える詩と朗読の詩にふれ」『歴程』十七号、一九四二年四月）。そのような詩人たちの欲望を巧みに汲み上げていったのがラジオ放送である。超越的な声を表象する装置としてのこのラジオ放送が詩人たちを魅了しはじめるのだ。

一九四一年十二月八日、対米英開戦を告げる大本営発表がラジオ臨時ニュースとして放送される。同月二十四日には「文学者愛国大会」が、大政翼賛会会議室で開催され、そこで文学者たちは日本の「はなばなしい」戦果をたたえあった。「決議文の内容は、全国の文学者を一丸とする「日本文学者会」を結成、総力をあげて文芸報国に邁進しよう、というもの」であった（櫻本富雄『空白と責任』）。一九四二年五月二十六日「日本文学報国会」が創立され、詩部会の会長に高村光太郎、理事には佐藤春夫が任命される。こうしたなか、愛国詩朗読の番組が毎朝ラジオで放送されるようになる。多くの国民に自らの言葉を伝えたいという詩人たちの欲望は、このような形で自らの詩が全国的に放送されることで昇華されていくのだ。

ところで新吉はというと、この間、日本各地の神社をひとりで巡り歩いていた。新吉もまた「文芸報国」に邁進する他の文学者たちの動向を意識せずにはおれなかったのである。とはいうものの、「文芸報国」へと傾いていくプロセスがある程度確認できる他の同人たちに比べ、つねに「狂気」の内部に踏みとどまろうとする新吉の場合、次第に「文芸報国」へと傾いていったというよりも、むしろつねにすでにそのような可能性を潜在的に持っていた、と見ることも可能だろう。例えば『霧島』（邦画荘、一九四二）という詩集の冒頭に「熱田神宮」という詩がある。

神の加護である。
一切は思惟を絶して神の営みである。
何事も思い過す要はない。
頭脳を軽くして、肉体を果敢に動かすべきである。
御剣を以て、草を薙ぎ給える如くに、生の焔を
正しく燃えヒロゴスべきである。

愛国詩として朗読されたとしてもまったく差し支えのない戦意高揚のための詩である。新吉のミクロな狂気がここでは同時代のマクロな狂気と重なり合ってしまっているのだ。いかなる内面の「転向」もここには見られない。同じく『大和島根』（擁書閣赤門書房、一九四三）という詩集の冒頭にある「序詩」もそうだ。

此の血の涌き立つのを、何に依って私は治める事が出来るであろうか。燃ゆる石を投げ転ばし、四方に置いて、その中にいたとて、私の精神は冷静であり得ない。
北海の寒流に飛び込み、真裸になって泳いだとて、私の心は穏やかであり得な

い。

如何なるものを以ても、摧破《さいは》する事の出来ぬ、金剛不滅のものたる以外にないのだ。

戦時下においても新吉は「狂気」を語ろうとしていたのだ。「此の血の涌き立つのを、何に依って私は治める事が出来るであろうか」や「真裸になって泳いだとて、私の心は穏やかであり得ない」といった表現は、本書所収の小説でいえば、「桔梗」や「預言者ヨナ」などと軌を一にするものではないだろうか。狂気を語る言葉が、ここでは「金剛不滅のもの」と一体になり、次第に「戦意高揚」のニュアンスを帯びるようになっていくのだ。

新吉は多重に鳴り響く雑多な声に捕縛されている。内部から突き上げてくる表現の声をひとつひとつ手繰り寄せようと手を伸ばすまさにその瞬間に、外部から迫り来る社会の声によって身体そのものが拘束されてしまうのだ。そういう不自由さが新吉の言葉にはどうしようもなくつきまとう。事実、新吉自身もまた、次のように吐露している。本書所収の「悲しき習性」（一九三六年）からの一節である。

私は人の使う言葉でもって、こんな事を書いているが、言わば人の拵えた言葉だ。私がこんな事を書くのも私が書くのじゃなくて、誰かが私に書かせているのだとしか思えない。私一個の力でもってやる仕事じゃない。

これほど客観的に言語を捉えていたにもかかわらず、新吉は「狂人小説」と同じ地平において、戦意高揚のための詩を書かずにおれなかった。新吉の足跡をたどるとき、ここのところは決してやり過ごすわけにはいかない。

さて、一九六五年刊行の自伝『ダガバジジンギヂ物語』（思潮社）の最後のところで、新吉は敗戦時のエピソードについても軽く触れている。一九四五年五月の空襲について「私は部屋に坐っていたのだが、頭の上の天井を突き抜けて、焼夷弾が落ちて来た」と書いているが、そのような状況のなか、「終戦になるまで、一年半ほど海事新聞社につとめ」ていたという。主な業務は「各船会社をまわって、記事を書く」ことであったらしい。『日本海事新聞』での業務はさておき、戦後における新吉のテクストのうち、もっとも早い時期に出版されたもののひとつが、『若い人』創刊号（一九四六年二月）に掲載された「辻潤の死」という短いエッセイである。戦時中、「文芸報国」の風潮に決して与しなかったニヒリストでダダイストの辻潤が、敗戦色も濃くなった

『若い人』創刊号
（若い人社文学同盟、
1946 年 2 月）
表紙

一九四四年十一月二十四日、寄宿していた友人のアパートの一室で「全身虱に食われて息を引きとっていた」のだ（玉川信明『ダダイスト辻潤』論創社、一九八四）。栄養失調が原因だったようだ。辻潤の死は「十五年戦争の期間に続けられた抗議と抵抗」を象徴的に物語っていた。辻潤の死について、鶴見俊輔は次のように述べている。

〔辻潤は〕大正時代以来いかなる政治上のスローガンにも信頼をおくことなく、いかなる政治上のイデオロギーにも信頼をおくことがないと公言してきました。輸入されたさまざまの進歩思想は彼の頭からフケのように落ちていきました。しかしそのかわりに政府の強制する軍国主義がすみついたということはありませんでした。彼は尺八を手にもって乞食のような暮らしを続け、戦争の末期に飢え死にのようにして亡くなりました。

（『戦時日本の精神史　一九三一～一九四五年』岩波書店、二〇〇一）

辻潤の死は、新吉にとって、大きな打撃となったにちがいない。『若い人』に掲載されたエッセイには、辻を敬う新吉の思いが短いながらも力強く語られている。「彼が終戦後の現在まで生きていたら、早速進駐軍の通弁をやったろう。生活もダダイスチックな若々しいものとなったかも知れん」と述べた上で、辻潤の「随筆文学」を激賞する内容となっているのだ。進駐軍の通訳を引き受けたかどうかはさておき、もし生きていたなら、敗戦直後の「荒地」において、辻潤を中心とするダダの再燃がひょっとするとあったかもしれない。実際、この頃、かつて隆盛をきわめたダダイズムを懐かしむ詩人が少なからずいたのだ。

一九四七年五月発行の『コスモス』に「近代詩を語る会」と題する座談会の様子が掲載されている。出席者は、金子光晴、小田切秀雄、岡本潤、秋山清、北川冬彦、村野四郎、壺井繁治の七名である。詩の現状について、それぞれの文学者が意見を述べあうなか、一九二〇年代後半のダダイズムについて回顧的に触れている次のような箇所がある。

小田切　盛んにお書きになった時分にはどういう詩に一番興味をもっておられましたか。

北川　僕ですか、そうですね。僕が詩を書き始めた頃は日本の多くの詩人のように余り日本の詩には興味がなかったのですけれども、もし何か興味があったかと考えてみると、やはりダムダムかな、その辺だったね。僕が関心をもってたのは第一次欧州戦後のフランスのダダ系統の詩ですね。アポリネエルとかジャコブとかエリュアルとか。

岡本　あの時分、高橋新吉は面白かったな。
小田切　いまは詩の中にどんな形ででも強烈なもの狂暴なものというのがありませんね。
岡本　なまぬるくってつまらんですね。
小田切　強烈な、時に狂暴でさえあるようなはげしい詩が今出て来る可能性或はそういうものをうちにはらんだ詩人が出てくる可能性はいまないのだろうか。金子さんの詩などには、それが非常に抑制された形で、しかも激しく出ていると思うが、そのほかにはそういう狂暴な力をもった詩人というものは今はないのでしょうか。

ここで高橋新吉の名が出てくるのは興味深い。戦前に活動を始めた文学者たちのあいだでは、日本におけるダダイズムといえば、やはり新吉の名が真っ先に思い浮かぶのだろう。
とはいうものの、敗戦直後のこの時代、戦時下における自らの言語活動を顧みずに、「ダダの時代」や「狂気の時代」を無批判的に回顧することなど新吉にはできなかった。むしろダダと狂気をめぐる自らの言動が、きわめて自然な形で戦時下の戦意高揚詩へ流れ込んだという思いを、この頃の新吉は、言葉にならない言葉でもって自ら問題化しようと考えていたようだ（「戦争中と戦後では、私の物の考え方がちがっているといっても、それは皮相な話で、私の精神の深部においては、少しもちがっておらず、私の肉体のどこにも、差異を生じたところはないのである」、『虚無』法蔵館、一九五七）。

ましてや占領下における戦争責任追及の風潮にあらためて怯えながら書きつづけねばならなかったこの時代に、戦後詩を「なまぬるい」といって一蹴する心構えは、新吉にはなかった。少なくとも敗戦直後の新吉には、「語ること」の苦々しさについて思いを巡らせているような時期があったのだ（「言葉は欲望である、如何なる言葉も、それを発した人間の欲望の表われである。／正しい言葉などというものはない」、『高橋新吉の詩集』日本未来派、一九四九）。敗戦後の新吉は「言語に対する不信感」を以前にも増して募らせていたのである。

もちろん、右の引用でダダイズムを回顧している岡本潤や北川冬彦といった詩人たちも「言語に対する不信感」をまったく抱かなかったわけではないだろう。ただ、言葉に対する新吉の違和感は、どちらかというと、若き「荒地」派詩人たちの言葉に見られる「暗さ」に通ずるものがあった。ダダイズムの破壊的要素を懐かしむ北川や岡本らとは異なり、「青春の一時期を戦争の大きな犠牲のうちに過した」若き詩人たちは、そのような破壊的要素を自らの出発点として背負っていかねばならなかったのだ。

ちなみに、ダダやシュールレアリズムの破壊的要素について、鮎川信夫は「詩人の出発」（『純粋詩』一九四八年一月）のなかで次のように述べている。

戦後の不安は、まず言葉への不信を以てはじまる。第一次大戦後に起ったところのダダイズムやシュールレアリズムの破壊的要素が、不安と虚無の精神的荒廃の中に再び自らの棲家を見出す好機であるが、今日の詩人はもはやそうした芸術運動には何等の刺激をも感じていないようである。おそらく第一次大戦後の社会よりも、事態は一層切迫し、文化のあらゆる面に於て、誰しも現実の事象から離れ難く、ただ生きることのみが緊急を要する仕事となったからであろう。其処には不安はあっても虚無はなく、雨露を凌ぐためには壊れがかった家を補修しなければならず、建設的なことを叫んでいなくては、現代の下降社会に生活する勇気も挫けてしまうというわけであろうか。言論は不自然に健康であって、誰もかれもが急がしそうである。そうした中にあって、言葉への不信を率直に表明することこそ、今日の詩人が為さねばならぬ第一の仕事である。

「荒地」派の若き詩人たちは、ダダを回顧的に懐かしむことも、流行の「イズム」のひとつとして受容することもなかった。彼らはむしろ否応なくダダ的状況に立たされていたのだ。黒田三郎が述べているように、「戦争にその青春を奪われた世代、という点においてのみ、ダダの出現は今日我々の心に生々しく響き入る」というような認識がそこにはあった（「ダダについて」、『純粋詩』一九四七年前半期）。

一九二〇年代のあのダダの喧噪が、ここにきて一転、「暗さ」を帯びはじめるのである。かつて新吉が描いたようなダダとは別のダダがここにはある。ダダの破壊的要素を前面に押し出そうとしたかつての新吉とは異なり、すでに「仰ぎ見る存在であったすべてのものが、足下に瓦礫のように崩壊」していた「荒地」派の詩人たちにとって、破壊的要素などもはや不要だった。若き詩人たちにとって「戦前の不安の問題をより徹底化し、それは先ずわれわれ自身をしてもはや自分自身について何等の幻影を持ってはならない存在として認識せしめること」、これこそが喫緊の課題だったのだ（鮎川信夫「詩への希望――詩人の条件（5）」『詩学』一九五〇年六月）。戦後の荒地において「言葉への不信」を表明することから出発した鮎川は、そのような不信感を保持したまま、ふたたび自らの特異な詩的言語を模索しはじめる。「現代に生きている幾つかの主要な主題を中心に、言葉の意味の回復と浄化によって詩の価値をとり戻」すことが「荒地」派詩人たちの「仕事」である、というような認識がそこにはあった。

「言語に対する不信感」という点では、このような若き詩人たちと同じ志向性を持っていたはずの新吉だが、敗戦直後の段階で、詩的言語を新たに構築しはじめる「荒地」派詩人たちのような構えは見せなかった。戦後、「言葉への不信」から出発せねばならなかった「荒地」派とは異なり、新吉の場合、一九二〇年代からすでに「言語に対する不信感」を中軸に据えてものを書いてきたのであり、戦時下において、そのような不信感を押し切られる形で「国家の言語」に絡めとられてしまったという事実に対する「自己批判」が、戦後における詩作の中心を占めるようになっていく。

戦後、新吉の詩は、北川冬彦が指摘しているように、「エピグラム風（箴言風）」のものが目立って多くなる（北川冬彦『詩の話』宝文館、一九四九）。特に敗戦後しばらくのあいだ、新吉は「言語に対する不信感」を箴言の形で表明することが多くなる。

このことは新吉が戦後にはじめて出した『高橋新吉の詩集』（日本未来派発行所、一九四九）にも明らかに見てとれる傾向である。そこに採録された詩は、敗戦後、上海から帰国した池田克己が一九四七年六月に創刊した雑誌『日本未来派』に掲載されたものが中心となっている。この詩集において新吉は「言語に対する不信感」をさまざまな形で徹底的に変奏しつづける。その中からひとつだけ引用しておこう。

君の言う言葉を
言葉そのままに自分はとらない
君をして言わしむるものに
自分は耳傾ける

何ものが言わしむるのであろうか
それは全く自分をして耳傾けしむるものと同じものだと自分は思うのだ。

もちろん、敗戦直後のこの時代、「言葉」そのものへの懐疑ということであれば、絶望的なまでの言語不信がそこここに現出しはじめていたこともまた事実である。坂口安吾「白痴」(『新潮』一九四六年六月)はそのあたりを鋭く描いている。米軍機による爆撃で火の海と化した東京の街を、伊沢という二十七歳の男が隣人の白痴の女と逃げ惑う話で、怯える白痴の女に伊沢は次のように語るのである。「いったい言葉が何物であろうか、何ほどの値打があるのだろうか、人間の愛情すらもそれだけが真実のものだという何のあかしもあり得ない、生の情熱を託するに足る真実なものが果してどこに有り得るのか、すべては虚妄の影だけだ」

また梅崎春生「桜島」(『素直』一九四六年九月)では、米軍上陸目前、鹿児島県坊津の海軍通信基地の兵士である「私」が遺書を書こうとして書けない様子が描かれる。「遺書を書いて、どうしようという気だろう。私は誰かに何かを訴えたかったのだ。しかし、何を私は訴えたかったのだろう。文字にすれば嘘になる、言葉以前の悲しみを、私は誰かに知って貰いたかったのだ」

このような「文字にすれば嘘になる、言葉以前の悲しみ」を、それでも語らねばならないという事態、そういう問題を改めて問いなおす必要が歴然とそこにあったのだ。戦後の新吉は、このような問題を禅の「不立文字」の発想と結び合わせて、独特な言語観を打ちだしていく。ちなみに、本書所収「仏教」（『るねっさんす』一九三五年五月）には、新吉が二十歳のとき小僧をつとめた金山出石寺での様子が描かれている。新吉と仏教とを切り離して考えるわけにはいかない。最後にそのあたりをまとめて締めくくりたい。

一九二七年、八幡浜市の万松寺で開かれた夏季講座に参加した新吉は、臨済宗の僧である足利紫山による『無門関』の提唱を傾聴し、「瞼《まぶた》の皮が脱れるような思い」をしたという（「禅というものが何であるかを、朧《おぼろ》げ乍《なが》らこの時初めて知らされた」、「参禅記」『大法輪』一九五五年六月）。新吉は老師の声と身のこなしに感銘を受け、その後も紫山老師のもとを繰り返し訪ねている。戦争前夜の不穏な空気のなか、紫山老師は隔月ごとに上京し、牛込の報身寺や芝の金地院で「碧巌録」や「臨済録」の提唱を行なうのだが、そこにも新吉は足繁く通いつめる。岐阜県伊深の正眼寺へ座禅を習いにいくよう新吉に示唆したのも、この紫山老師だった。

正眼寺において精神に異常をきたし、郷里で療養せねばならなくなった（とされる）新吉だが、一九三五年にはふたたび浜松、方広寺の紫山老師を訪ね、その指導の

『るねっさんす』（るねっさんす社、1935年5月）表紙

もとで修行を行なっている。このときの様子を新吉は「紫山老師新緑禅話」というエッセイにまとめ、『大法輪』（一九五六年六月）に投稿している。よほど足利紫山に入れ込んでいたのか、『大法輪』誌上で龍沢寺住職山本玄峰が足利紫山を「（独園の）不肖の弟子」と揶揄した際、新吉は紫山の汚名返上とばかりに「山本玄峰氏に与う」という文章を『大乗禅』（一九五七年十月）に寄せ、「禅宗坊主に、これほど他人を侮辱する言葉を、ヌケヌケと吐く人間がいることは、それだけ、日本の禅も、もはや地に墜ちて救い難いものになっていることを証明するものであると思ったのである」と応酬してみせた。このような新吉を紫山老師も悪くは思わなかったのだろう。老師の監修のもと、新吉は『臨済録』の解説書まで書くようになる（『臨済録』宝文館、一九六〇）。

ところで、この禅に傾倒するかつてのダダイストに惚れ込んだひとりのアメリカ詩人がいた。ルシアン・ストライクである。アメリカにおけるビート・ジェネレーションの詩人たちに見られる禅に対する関心を背景に、一九六〇年代以降、新吉の詩がふたたび衆目を集めつつあった。そこでストライクは、池本喬とともに新吉の詩を英訳し、『残像――高橋新吉禅詩集（*Afterimages: Zen Poems Shinkichi Takahashi*）』（The Swallow Press, 1971）として出版する。翻訳には少なからず問題があるとはいえ、本書の出版がきっかけとなって、新吉再評価の機運が高まり、翌年の一九七二年、その集大成ともいえる『定本高橋新吉全詩集』（立風書房）が刊行された。「ダダの詩人」から「禅詩人」へと転じた新吉は、こうしてふたたび脚光を浴び、しかもこの『高橋新吉全詩集』によって昭和四十七年度（第二十三回）芸術選奨文部大臣賞まで受賞するのである。

興味深いのはそれに対する新吉の反応である。一九七四年のインタビューの中で、新吉の詩の翻訳者であるストライクがこの受賞に言及したとき、新吉は次のような本音を語っている。

あのような賞にはいつも驚く。ただ根本的にはあまり重要なものではない。選考委員たちは私の詩の何が分かったというのか。興味をもった程度だろう。もっというと、きみの翻訳のおかげだ。知ってのとおり、きみの本はこっちのメディアでずいぶん騒がれた。その理由がつねに間違ったものであったことはいうまでもない。この国の作家のうち誰かが外国で注目され、その著作が大手の出版社から出て、書評され、とかなんとかいうことになるとみな驚くのだ。それだけで賞を与える理由としては充分なのだろう。ただ理解してもらいたい。私は嬉しくないわけではない。しかし選考委員たちがページに書かれた私の詩を本当に読んだとはどうしても思えないのだ。きみがロンドンやニューヨークであれを出版してなかったとしたら、私の詩は見向きもされなかっただろう。とにかく選考委員たちがちゃんと詩を読んで理解するとして、はたして今後私のような詩人に賞を与えようなどと思うだろうか。

(Lucien Stryk. ed. *Triumph of the Sparrow: Zen Poems of Shinkichi Takahashi*. University of Illinois Press, 1986. 引用は拙訳による)

要するに「読んでもないくせに、たかが英語に翻訳されたくらいで大騒ぎするな」と新吉は選考委員たちを戒めているのである。新吉は分かっているのだ。自分の詩を理解できる者などいるわけがないと。誰かが分かるような言葉であれば、これほど繰り返し語りなおす必要はないと。そうだ。新吉を理解するには少なくとも「五億年」はかかるのだ。それにしても、「何もいうことはない」という構えを生涯崩さなかった新吉から私たちが何かを学ぶとするなら、それはいったいどのようなパラドックスになるのだろうか。

留守と言え
ここには誰も居らぬと言え
五億年経ったら帰ってくる。

(「るす」)

編者あとがき

本書には、高橋新吉（一九〇一―一九八七）が戦前に書き残した短篇小説の中から選りすぐりの名作十二篇、加えてダダの時代を彷彿させる詩が二篇収録されている。高橋の場合、詩と小説は相補的な関係にあり、その境界が曖昧なものも多い。とはいえ高橋自身、詩人としては、何もいうことはないという構えを一貫して保持しつつ、小説家としては、物語の時空ブロックに自らを位置づけ、「狂気」を語る言葉を模索しつづけていたようにも思われる。言語的空間から離脱するだけでは、心のバランスが保てなかったのだろう。たとえストーリーそのものが狂気じみたものであったとしても、そのような物語の力に依拠することで、ようやく自らの生を方向づけることができたのかもしれない。本書が、どちらかというと高橋の短篇小説に着目する理由もそこにある。裏を返せば、彼の物語の背後には、「何もいうことはない」という言葉の発生源のようなものが見え隠れしており、そこから何度も「狂気」を語り起こそうとする姿勢が浮かび上がってくるのだ。

本書では高橋が戦前に書いたものに焦点を絞ったが、狂気を語り直す試みは、結局、晩年まで繰り返されることになる。高橋の書き残したものを通して読んでみると、狂気を何度も語り直すこの果てしなき言い換えのプロセスが、個々の言葉を下支えする通奏低音のようなものとして絶えず機能していることがよく分かる。ダダイストとしてかつて名を馳せた高橋新吉が、一九四〇年代、一時的にマクロな狂気に心を乗っ取られてしまったとはいえ、あるいはそのために、戦後自ら問題化せずにおれなかった「表現すること」への思い――「つねに言語を出たところから語りはじめねばならない」――この思いを踏まえた上で、彼の言葉をはたしていまどう読むか。それはつまり読み手のほうでも「言語を出たところから読みはじめねばならない」ということなのか。いずれにせよ、結論を出すのはまだ早いようだ。新吉の言葉はいまだ謎だらけなのである。まずはその言葉に耳を傾けること、それが先決だと私は思う。

高橋新吉をどう読むか。そこのところを私自身考えあぐねていたときに、新吉と同じくらい意味不明だが実に魅力的な思想家と出逢った。フランスの活動家にして思想家、フェリックス・ガタリ（一九三〇－一九九二）である。その難解な言葉を、日本におけるガタリ研究の第一人者である杉村昌昭氏の解説を頼りに、こつこつと読み解いていくうちに、高橋新吉のテクストへのアクセス方法が何となく見えてきたような気がした。これはいわば杉村氏のお陰である。また、関西の「文学史を読みかえる」研究会のみなさまには陰に陽に励ましていただいた。関西にこのような自由闊達な議論の場があるお陰で、文学空間が持つ磁力を少しずつ体感できるようになってきたように思う。

最後に、共和国の下平尾直氏には、本書の企画段階から的確なアドバイスを数多くいただいた。高橋新吉の本をまとめてみたいとお伝えしてからかなり月日が経ってしまったにもかかわらず、本書の企画を前向きに考えてくださった。心からお礼を申し上げたい。

二〇一七年六月

松田正貴

初出一覧

「ダガハジ断言 Is Dadaist」(『週刊日本』、一九二二年十月十五日)

「桔梗」(『脳』、一九二八年六月号、七月号、九月号、十月号に連載)
「宇和島の闘牛」(『発狂』、学而書院、一九三六年六月。初出未詳)
「神は熟睡したもう」(『新興文学全集　第八巻』、平凡社、一九二九年四月)
「預言者ヨナ」(『大調和』、一九二八年七月)

「亡ぶる家の豚」(『解放研究資料論文随筆集』、解放社、一九二七年一月)
「不気味な運動」(『発狂』、学而書院、一九三六年六月。初出未詳)
「仏教」(『るねっさんす』、一九三五年五月)
「乞食夫婦」(『変態心理』、一九二六年一月)
「ヴィニイ」(『発狂』、学而書院、一九三六年六月。初出未詳)
「悲しき習性」(『発狂』、学而書院、一九三六年六月。初出未詳)

「生蝕記　或る浮浪人の日記」(『新興文学全集　第八巻』、平凡社、一九二九年四月)
「ダダイストの睡眠」(『ダダイスト新吉の詩』、中央美術社、一九二三年二月)
「焔をかかぐ」(『万朝報』、一九二〇年八月一日)

50歳ころの高橋新吉。
金田弘『高橋新吉　五億年の旅』
（春秋社、1998年4月）より

高橋新吉《タカハシ シンキチ》

一九〇一年、愛媛県に生まれ、一九八七年、東京都に歿する。八幡浜商業学校を中退後、上京、放浪する。一九二〇年、小説「焰をかかぐ」でデビュー。一九二三年、詩集『ダダイスト新吉の詩』（中央美術社）によって現代詩を切り拓き、その後も仏教と虚無思想を基盤とした独自の世界観を展開する。

詩集に、『高橋新吉詩集』（一九二八、南宋書院）、『霧島』（一九四二、邦画社）など、小説に、『狂人』（一九三六、学而書院）、『潮の女』（一九六一、竹葉屋書店）など多数がある。

松田正貴《マツダマサタカ》

一九七四年、大阪府に生まれる。大阪電気通信大学講師。専攻は、モダニズム文学。
共著に、杉村昌昭＋境毅＋村澤真保呂編『既成概念をぶち壊せ！』（二〇一六、晃洋書房）、訳書に、マウリツィオ・ラッツァラート『記号と機械』（杉村昌昭と共訳、二〇一五、共和国。新装版＝二〇一六）、アーサー・J・バックラック『ニューメキシコのD・H・ロレンス』（二〇一四、彩流社）などがある。

二〇一七年七月三〇日印刷
二〇一七年八月一五日発行

ダダイストの睡眠

著者……高橋新吉
編者……松田正貴
発行者……下平尾 直
発行所……株式会社 共和国
東京都東久留米市本町三-九-一-五〇三 郵便番号二〇三-〇〇五三
電話・ファクシミリ〇四二-四二〇-九九九七
郵便振替〇〇一二〇-八-三六〇一九六
http://www.ed-republica.com

印刷……精興社
ブックデザイン……宗利淳一

本書の内容およびデザイン等へのご意見やご感想は、以下のメールアドレスまでお寄せください。 naovalis@gmail.com

ISBN978-4-907986-23-0 C0093

境界の文学

既刊
四六判上製

（価格税別）

鏡のなかのボードレール
くぼたのぞみ
二〇〇〇円
978-4-907986-20-9

ラングザマー 世界文学をめぐる旅
イルマ・ラクーザ／山口裕之訳
二四〇〇円
978-4-907986-21-6

タブッキをめぐる九つの断章
和田忠彦
二四〇〇円
978-4-907986-22-3